燃ゆる頬／風立ちぬ

朗読CD付

堀 辰雄

海王社文庫

目次

燃ゆる頬　五
風立ちぬ　二七
語注　一五七

燃ゆる頬

私は十七になった。そして中学校から高等学校へはいったばかりの時分であった。私の両親は、私が彼等《かれら》の許《もと》であんまり神経質に育つことを恐れて、私をその寄宿舎に入れた。そういう環境の変化は、私の性格にいちじるしい影響を与えずにはおかなかった。それによって、私の少年時からの脱皮は、気味悪いまでに促されつつあった。

寄宿舎は、あたかも蜂《はち》の巣のように、いくつもの小さい部屋に分れていた。そしてその一つ一つの部屋には、それぞれ十人余りの生徒等がいっしょくたに生きていた。それに部屋とはいうものの、中にはただ、穴だらけの、大きな卓《つくえ》が二つ三つ置いてあるきりだった。そしてその卓の上には誰のものともつかず、白筋のはいった制帽とか、辞書とか、ノオトブックとか、インク壺《つぼ》とか、煙草《たばこ》の袋とか、それらのものがごっちゃになって積まれてあった。そんなものの中で、ある者は独逸《ドイツ》語の勉強をしていたり、ある者は足のこわれかかった古椅子《ふるいす》にあぶなっかしそうに馬乗りになって煙草ばかり吹かしていた。私は彼等の中で一番小さかった。私は彼等から仲間はずれにされないように、苦しげに煙草をふかし、まだ髭《ひげ》の生《は》えていない頬《ほお》にこわごわ剃刀《かみそり》をあてたりした。

二階の寝室はへんに臭かった。その汚《よご》れた下着類のにおいは私をむかつかせた。私が眠ると、そのにおいは私の夢の中にまで入ってきて、まだ現実では私の見知らない感覚を、その夢に与えた。私はしかし、そのにおいにもだんだん慣れて行った。

こうして私の脱皮はすでに用意されつつあった。そしてただ最後の一撃だけが残されていた。……


ある日の昼休みに、私は一人でぶらぶらと、植物実験室の南側にある、ひっそりした花壇のなかを歩いていた。そのうちに、私はふと足を止めた。そこの一隅《いちぐう》に簇《むら》がりながら咲いている、私の名前を知らない真白《まっしろ》な花から、花粉まみれになって、一匹の蜜蜂《みつばち》の飛び立つのを見つけたのだ。そこで、その蜜蜂がその足にくっついている花粉の塊《かたま》りを、今度はどの花へ持っていくか、見ていてやろうと思ったのである。しかし、そいつはどの花にもなかなか止まりそうもなかった。そしてあたかもそれらの花のどれを選んだらいいかと迷っているようにも見えた。……その瞬間だった。私はそれらの見知らない花がいっせいに、その蜜蜂を自分のところへ誘おうとして、なんだかめいめいの雌蕋《めしべ》を妙な姿態にくねらせるのを認めたような気がした。

……そのうちに、とうとうその蜜蜂はある花を選んで、それにぶらさがるようにして止まった。その花粉まみれの足でその小さな柱頭にしがみつきながら。やがてその蜜蜂はそれからも飛び立っていった。私はそれを見ると、なんだか急に子供のような残酷な気持になって、いま受精を終ったばかりの、その花をいきなり捥《む》しりとった。そしてじいっと、他の花の花粉を浴びている、その柱頭に見入っていたが、しまいには私はそれを私の掌《てのひら》で揉《も》みくちゃにしてしまった。それから私はなおも、さまざまな燃えるような紅《あか》や紫の花の咲いている花壇のなかをぶらついていた。その時、その花壇にT字形をなして面している植物実験室の中から、硝子戸《ガラスど》ごしに私の名前を呼ぶものがあった。見ると、それは魚住《うおずみ》という上級生であった。

「来てみたまえ。顕微鏡を見せてやろう……」

その魚住という上級生は、私の倍もあるような大男で、円盤投げの選手をしていた。

グラウンドに出ているときの彼は、その頃私たちの間に流行していた希臘《ギリシャ》彫刻の独逸製の絵はがきの一つの、「円盤投手《ディスカスヴェルフェル》」というのに少し似ていた。そしてそれが下級生たちに彼を偶像化させていた。が、彼は誰に向っても、いつも人を馬鹿にしたような表情を浮べていた。私はそういう彼の気に入りたいと思った。私はその植物実験室のなかへ這入《はい》っていった。

そこには魚住ひとりしかいなかった。彼は毛ぶかい手で、不器用そうに何かのプレパラアトをつくっていた。そしてときどきツァイスの顕微鏡でそれを覗《のぞ》いていた。それからそれを私にも覗かせた。私はそれを見るためには、身体《からだ》を海老《えび》のように折り曲げていなければならなかった。

「見えるか?」

「ええ……」

私はそういうぎごちない姿勢を続けながら、しかしもう一方の、顕微鏡を見ていない眼《め》でもって、そっと魚住の動作を窺《うかが》っていた。すこし前から私は彼の顔が異様に変化しだしたのに気づいていた。そこの実験室の中の明るい光線のせいか、それとも彼がいつもの仮面をぬいでいるせいか、彼の頬の肉は妙にたるんでいて、その眼は真赤《まっか》に充血していた。そして口許《くちもと》にはたえず少女のような弱々しい微笑をちらつかせていた。私は何とはなしに、今のさっき見たばかりの一匹の蜜蜂と見知らない真白な花のことを思い出した。彼の熱い呼吸が私の頬にかかって来た。……

私はついと顕微鏡から顔を上げた。

「もう、僕……」と腕時計を見ながら、私は口ごもるように云《い》った。

「教室へ行かなくっちゃ……」

「そうか」

いつのまにか魚住は巧妙に新しい仮面をつけていた。そしていくぶん青くなっている私の顔を見下ろしながら、彼は平生の、人を馬鹿にしたような表情を浮べていた。

五月になってから、私たちの部屋に三枝《さいぐさ》という私の同級生が他から転室してきた。

彼は私より一つだけ年上だった。彼が上級生たちから少年視されていたことはかなり有名だった。彼は瘠《や》せた、静脈の透《す》いて見えるような美しい皮膚の少年だった。まだ薔薇《ばら》いろの頬の所有者、私は彼のそういう貧血性の美しさを羨《うらや》んだ。私は教室で、しばしば、教科書の蔭《かげ》から、彼のほっそりした頸《くび》を偸《ぬす》み見ているようなことさえあった。

夜、三枝は誰よりも先に、二階の寝室へ行った。

寝室は毎夜、規定の就眠時間の十時にならなければ電燈《でんとう》がつかなかった。それだのに彼は九時頃から寝室へ行ってしまうのだった。私はそんな闇《やみ》のなかで眠っている彼の寝顔を、いろんな風に夢みた。

しかし私は習慣から十二時頃にならなければ寝室へは行かなかった。

ある夜、私は喉《のど》が痛かった。私はすこし熱があるように思った。私は三枝が寝室へ行ってから間もなく、西洋蝋燭《ろうそく》を手にして階段を昇って行った。そして何の気なしに自分の寝室のドアを開けた。そのなかは真暗だったが、私の手にしていた蝋燭が、突然、大きな鳥のような恰好《かっこう》をした異様な影を、その天井に投げた。それは格闘か何んかしているように、無気味に、揺れ動いていた。私の心臓はどきどきした。……が、それは一瞬間に過ぎなかった。私がその天井に見出した幻影は、ただ蝋燭の光りの気まぐれな動揺のせいらしかった。なぜなら、私の蝋燭の光りがそれほど揺れなくなった時分には、ただ、三枝が壁ぎわの寝床に寝ているほか、その枕《まくら》もとに、もうひとりの大きな男が、マントをかぶったまま、むっつりと不機嫌そうに坐《すわ》っているのを見たきりであったから。……

「誰だ？」とそのマントをかぶった男が私の方をふりむいた。

私は惶《あわ》てて私の蝋燭を消した。それが魚住らしいのを認めたからだった。私はいつかの植物実験室の時から、彼が私を憎んでいるにちがいないと信じていた。私は黙ったまま、三枝の隣りの、自分のうす汚れた蒲団《ふとん》の中にもぐり込んだ。

三枝もさっきから黙っているらしかった。

私の悪い喉をしめつけるような数分間が過ぎた。その魚住らしい男はとうとう立上った。そして何も云わずに暗がりの中で荒あらしい音を立てながら、寝室を出て行った。その足音が遠のくと、私は三枝に、

「僕は喉が痛いんだ……」とすこし具合が悪そうに云った。

「熱はないの？」彼が訊《き》いた。

「すこしあるらしいんだ」

「どれ、見せたまえ……」

そう云いながら三枝は自分の蒲団からすこし身体をのり出して、私のずきずきする顳顬《こめかみ》の上に彼の冷たい手をあてがった。私は息をつめていた。それから彼は私の手頸《てくび》を握った。私の脈を見るのにしては、それは少しへんてこな握り方だった。それだのに私は、自分の脈搏《みゃくはく》の急に高くなったのを彼に気づかれはしまいかと、そればかり心配していた。……

翌日、私は一日中寝床の中にもぐりながら、これからも毎晩早く寝室へ来られるため、私の喉の痛みがいつまでも癒《なお》らなければいいとさえ思っていた。

数日後、夕方から私の喉がまた痛みだした。私はわざと咳《せき》をしながら、三枝のすぐ後から寝室に行った。しかし、彼の床はからっぽだった。どこへ行ってしまったのか、彼はなかなか帰って来なかった。

一時間ばかり過ぎた。私はひとりで苦しがっていた。私は自分の喉がひどく悪いように思い、ひょっとしたら自分はこの病気で死んでしまうかも知れないなぞと考えたりしていた。

彼はやっと帰って来た。私はさっきから自分の枕許に蝋燭をつけぱなしにしておいた。その光りが、服をぬごうとして身もだえしている彼の姿を、天井に無気味に映した。私はいつかの晩の幻を思い浮べた。私は彼に今までどこへ行っていたのかと訊いた。彼は眠れそうもなかったからグラウンドを一人で散歩して来たのだと答えた。それはいかにも嘘《うそ》らしい云い方だった。が、私はなんにも云わずにいた。

「蝋燭はつけておくのかい？」彼が訊いた。

「どっちでもいいよ」

「じゃ、消すよ……」

そう云いながら、彼は私の枕許の蝋燭を消すために、彼の顔を私の顔に近づけてきた。私は、その長い睫毛《まつげ》のかげが蝋燭の光りでちらちらしている彼の頬を、じっと見あげていた。私の火のようにほてった頬には、それが神々《こうごう》しいくらい冷たそうに感ぜられた。

私と三枝との関係は、いつしか友情の限界を超《こ》え出したように見えた。しかしそのように三枝が私に近づいてくるにつれ、その一方では、魚住がますます寄宿生たちに対して乱暴になり、時々グラウンドに出ては、ひとりで狂人のように円盤投げをしているのが、見かけられるようになった。

そのうちに学期試験が近づいてきた。寄宿生たちはその準備をし出した。魚住がその試験を前にして、寄宿舎から姿を消してしまったことを私たちは知った。しかし私たちは、それについては口をつぐんでいた。

夏休みになった。

私は三枝と一週間ばかりの予定で、ある半島へ旅行しようとしていた。

あるどんよりと曇った午前、私たちはまるで両親をだまして悪戯《いたずら》かなんかしようとしている子供らのように、いくぶん陰気になりながら、出発した。

私たちはその半島のある駅で下り、そこから一里ばかり海岸に沿うた道を歩いた後、鋸《のこぎり》のような形をした山にいだかれた、ある小さな漁村に到着した。宿屋はもの悲しかった。暗くなると、どこからともなく海草の香りがしてきた。＊少婢《こおんな》がランプをもって入ってきた、私はそのうす暗いランプの光りで、寝床へ入ろうとしてシャツをぬいでいる、三枝の裸《はだ》かになった背中に、一ところだけ背骨が妙な具合に突起しているのを見つけた。私は何だかそれがいじってみたくなった。そして私はそこのところへ指をつけながら、

「これは何だい？」と訊いてみた。

「それかい……」彼は少し顔を赧《あか》らめながら云った。「それは＊脊椎《せきつい》カリエスの痕《あと》なんだ」

「ちょっといじらせない？」

そう云って、私は彼を裸かにさせたまま、その背骨のへんな突起を、象牙《ぞうげ》でもいじるように、何度も撫《な》でてみた。彼は目をつぶりながら、なんだか擽《くすぐ》ったそうにしてい

た。

翌日もまたどんよりと曇っていた。それでも私たちは出発した。そして再び海岸に沿うた小石の多い道を歩き出した。いくつか小さい村を通り過ぎた。だが、正午頃、それらの村の一つに近づこうとした時分になると、今にも雨が降って来そうな暗い空合になった。それに私たちはもう歩きつかれ、互《たがい》にすこし不機嫌になっていた。私たちはその村へ入ったら、いつ頃乗合馬車がその村を通るかを、尋ねてみようと思っていた。

その村へ入ろうとするところに、一つの小さな板橋がかかっていた。そしてその板橋の上には、五六人の村の娘たちが、めいめいに魚籠《びく》をさげながら、立ったままで、何かしゃべっていた。私たちが近づくのを見ると、彼女たちはしゃべるのを止《や》めた。そして私たちの方を珍らしそうに見つめていた。私はそれらの少女たちの中から、一人の眼つきの美しい少女を選び出すと、その少女ばかりじっと見つめた。彼女は少女たちの中では一番年上らしかった。そして彼女は私がいくら無作法に見つめても、平気で私に見られるがままになっていた。そんな場合にあらゆる若者がするであろうように、私は短い時間のうちに出来るだけ自分を強くその少女に印象させようとして、さまざまな動作を工夫した。そして私は彼女とひとことでもいいから何か言葉を交《か》わしたいと思いながら、しかしそれも出来ずに、彼女のそばを離れようとしていた。そのとき突然、三枝が歩みを弛《ゆる》めた。そして彼はその少女の方へずかずかと近づいて行った。私も思わず立ち止りながら、彼が私に先廻《さきまわ》りしてその少女に馬車のことを尋ねようとしているらしいのを認めた。

私はそういう彼の機敏な行為によってその少女の心に彼の方が私よりもいっそう強く印象されはすまいかと気づかった。そこで私もまた、その少女に近づいて行きながら、彼が質問している間、彼女の魚籠の中をのぞいていた。

少女はすこしも羞《はに》かまずに彼に答えていた。彼女の声は、彼女の美しい眼つきを裏切るような、妙に咳枯《しゃが》れた声だった。が、その声がわりのしているらしい少女の声は、かえって私をふしぎに魅惑した。

今度は私が質問する番だった。私はさっきからのぞき込んでいた魚籠を指さしながら、おずおずと、その小さな魚は何という魚かと尋ねた。

「ふふふ……」

少女はさも可笑《おか》しくって溜《たま》らないように笑った。それにつれて、他の少女たちもどっと笑った。よほど私の問い方が可笑しかったものと見える。私は思わず顔を赧らめた。そのとき私は、三枝の顔にも、ちらりと意地悪そうな微笑の浮んだのを認めた。私は突然、彼に一種の敵意のようなものを感じ出した。

私たちは黙りあって、その村はずれにあるという乗合馬車の発着所へ向った。そこへ着いてからも馬車はなかなか来なかった。そのうちに雨が降ってきた。空《す》いていた馬車の中でも、私たちはほとんど無言だった。そして互に相手を不機嫌にさせ合っていた。夕方、やっと霧のような雨の中を、宿屋のあるという或る海岸町に着いた。そこの宿屋も前日のうす汚い宿屋に似ていた。同じような海草のかすかな香り、同じようなランプの仄《ほの》あかりが、僅《わず》かに私たちの中に前夜の私たちを蘇《よみがえ》らせた。私たちはようやく打解けだした。私たちは私たちの不機嫌を、旅先きで悪天候ばかりを気にしているせいにしようとした。そしてしまいに私は、明日汽車の出る町まで馬車で一直線に行って、ひとまず東京に帰ろうではないかと云い出した。彼も仕方なさそうにそれに同意した。

その夜は疲れていたので、私たちはすぐに寝入った。……明け方近く、私はふと目をさました。三枝は私の方に背なかを向けて眠っていた。私は寝巻の上からその背骨の小さな突起を確めると、昨夜のようにそれをそっと撫でてみた。私はそんなことをしながら、ふときのう橋の上で見かけた、魚籠をさげた少女の美しい眼つきを思い浮べた。その異様な声はまだ私の耳についていた。三枝がかすかに歯ぎしりをした。私はそれを聞きながら、またうとうとと眠り出した。……

翌日も雨が降っていた。それは昨日よりいっそう霧に似ていた。それが私たちに旅行を中止することを否応《いやおう》なく決心させた。

雨の中をさわがしい響をたてて走ってゆく乗合馬車の中で、それから私たちの乗り込んだ三等客車の混雑のなかで、私たちは出来るだけ相手を苦しめまいと努力し合っていた。それはもはや愛の休止符だ。そして私はなぜかしら三枝にはもうこれっきり会えぬように感じていた。彼は何度も私の手を握った。私は私の手を彼の自由にさせていた。しかし私の耳は、ときどき、どこからともなく、ちぎれちぎれになって飛んでくる、例の少女の異様な声ばかり聴いていた。

別れの時はもっとも悲しかった。私は、自分の家へ帰るにはその方が便利な郊外電車に乗り換えるために、ある途中の駅で汽車から下りた。私は混雑したプラットフォームの上を歩き出しながら、何度も振りかえって汽車の中にいる彼の方を見た。彼は雨でぐっしょり濡《ぬ》れた硝子窓に顔をくっつけて、私の方をよく見ようとしながら、かえって自分の呼吸でその硝子を白く曇らせ、そしてますます私の方を見えなくさせていた。

八月になると、私は私の父といっしょに信州のある湖畔へ旅行した。そして私はその後、三枝には会わなかった。彼はしばしば、その湖畔に滞在中の私に、まるでラヴ・レタアのような手紙をよこした。しかし私はだんだんそれに返事を出さなくなった。すでに少女らの異様な声が私の愛を変えていた。私は彼の最近の手紙によって彼が病気になったことを知った。脊椎カリエスが再発したらしかった。が、それにも私は遂《つい》に手紙を出さずにしまった。

秋の新学期になった。湖畔から帰ってくると、私は再び寄宿舎に移った。しかしそこではすべてが変っていた。三枝はどこかの海岸へ転地していた。魚住はもはや私を空気を見るようにしか見なかった。……冬になった。ある薄氷りの張っている朝、私は校内の掲示板に三枝の死が報じられてあるのを見出した。私はそれを未知の人でもあるかのように、ぼんやりと見つめていた。

それから数年が過ぎた。

その数年の間に私はときどきその寄宿舎のことを思い出した。そして私はそこに、私の少年時の美しい皮膚を、ちょうど灌木《かんぼく》の枝にひっかかっている蛇《へび》の透明な皮のように、惜しげもなく脱いできたような気がしてならなかった。――そしてその数年の間に、私はまあ何んと多くの異様な声をした少女らに出会ったことか！　が、それらの少女らは一人として私を苦しめないものはなく、それに私は彼女らのために苦しむことを余りにも愛していたので、そのために私はとうとう取りかえしのつかない打撃を受けた。

私ははげしい喀血《かっけつ》後、嘗《かつ》て私の父と旅行したことのある大きな湖畔に近い、ある高原のサナトリウムに入れられた。医者は私を肺結核だと診断した。が、そんなことはどうでもいい。ただ薔薇がほろりとその花弁を落すように、私もまた、私の薔薇いろの頬を永久に失ったまでのことだ。

私の入れられたそのサナトリウムの「白樺《しらかば》」という病棟には、私の他には一人の十五六の少年しか収容されていなかった。

その少年は脊椎カリエス患者だったが、もうすっかり恢復《かいふく》期にあって、毎日数時間ずつヴェランダに出ては、せっせと日光浴をやっていた。私が私のベッドに寝たきりで起きられないことを知ると、その少年はときどき私の病室に見舞いにくるようになった。ある時、私はその少年の日に黒く焼けた、そして唇《くちびる》だけがほのかに紅い色をしている細面《ほそおもて》の顔の下から、死んだ三枝の顔が透かしのように現われているのに気がついた。その時から、私はなるべくその少年の顔を見ないようにした。

ある朝、私はふとベッドから起き上って、こわごわ一人で、窓際《まどぎわ》まで歩いて行ってみたい気になった。それほどそれは気持のいい朝だった。私はそのとき自分の病室の窓から、向うのヴェランダに、その少年が猿股《さるまた》もはかずに素っ裸になって日光浴をしているのを見つけた。彼は少し前屈《まえこご》みになりながら、自分の体のある部分をじっと見入っていた。彼は誰にも見られていないと信じているらしかった。私の心臓ははげしく打った。そしてそれをもっとよく見ようとして、近眼の私が目を細くして見ると、彼の真黒な背なかにも、三枝のと同じような特有な突起のあるらしいのが、私の眼に入った。

私は不意に目まいを感じながら、やっとのことでベッドまで帰り、そしてその上へ打つ伏せになった。

少年は数日後、彼が私に与えた大きな打撃については少しも気がつかずに、退院した。

風立ちぬ

Le vent se lève, il faut tenter de vivre.

PAUL VALÉRY

序曲

　それらの夏の日々、一面に薄《すすき》の生い茂った草原の中で、お前が立ったまま熱心に絵を描いていると、私はいつもその傍《かたわ》らの一本の白樺《しらかば》の木蔭《こかげ》に身を横たえていたものだった。そうして夕方になって、お前が仕事をすませて私のそばに来ると、それからしばらく私達は肩に手をかけ合ったまま、遥《はる》か彼方《かなた》の、縁《ふち》だけ茜色《あかねいろ》を帯びた入道雲のむくむくした塊《かたま》りに覆《おお》われている地平線の方を眺めやっていたものだった。ようやく暮れようとしかけているその地平線から、反対に何物かが生れて来つつあるかのように……

　そんな日のある午後、（それはもう秋近い日だった）私達はお前の描きかけの絵を画《が》架《か》に立てかけたまま、その白樺の木蔭に寝《ね》そべって果物を齧《か》じっていた。砂のような雲が空をさらさらと流れていた。そのとき不意に、どこからともなく風が立った。私達の頭の上では、木の葉の間からちらっと覗《のぞ》いている藍色《あいいろ》が伸びたり縮んだりした。それとほとんど同時に、草むらの中に何かがばったりと倒れる物音を私達は耳にした。それは私達がそこに置きっぱなしにしてあった絵が、画架と共に、倒れた音らしかった。すぐ立ち上って行こうとするお前を、私は、いまの一瞬の何物をも失うまいとするかのように無理に引き留めて、私のそばから離さないでいた。お前は私のするがままにさせていた。

風立ちぬ、いざ生きめやも。

ふと口を衝《つ》いて出て来たそんな詩句を、私は私に靠《もた》れているお前の肩に手をかけながら、口の裡《うち》で繰り返していた。それからやっとお前は私を振りほどいて立ち上って行った。まだよく乾《かわ》いてはいなかったカンヴァスは、その間に、一めんに草の葉をこびつかせてしまっていた。それを再び画架に立て直し、パレット・ナイフでそんな草

の葉を除《と》りにくそうにしながら、

「まあ！　こんなところを、もしお父様にでも見つかったら……」

　お前は私の方をふり向いて、なんだか曖昧《あいまい》な微笑をした。


「もう二三日したらお父様がいらっしゃるわ」

　ある朝のこと、私達が森の中をさまよっているとき、突然お前がそう言い出した。私はなんだか不満そうに黙っていた。するとお前は、そういう私の方を見ながら、すこし嗄《しゃが》れたような声で再び口をきいた。

「そうしたらもう、こんな散歩も出来なくなるわね」

「どんな散歩だって、しようと思えば出来るさ」

　私はまだ不満らしく、お前のいくぶん気づかわしそうな視線を自分の上に感じながら、しかしそれよりももっと、私達の頭上の梢《こずえ》が何《な》んとはなしにざわめいているのに気を奪《と》られているような様子をしていた。

「お父様がなかなか私を離して下さらないわ」

私はとうとう焦《じ》れったいとでも云うような目つきで、お前の方を見返した。

「じゃあ、僕達はもうこれでお別れだと云うのかい？」

「だって仕方がないじゃないの」

そう言ってお前はいかにも諦《あきら》め切ったように、私につとめて微笑《ほほえ》んで見せようとした。ああ、そのときのお前の顔色の、そしてその脣《くちびる》の色までも、何んと蒼《あお》ざめていたことったら！

「どうしてこんなに変っちゃったんだろうなあ。あんなに私に何もかも任せ切っていたように見えたのに……」と私は考えあぐねたような恰好《かっこう》で、だんだん裸根《らこん》のごろごろし出して来た狭い山径《やまみち》を、お前をすこし先きにやりながら、いかにも歩きにくそうに歩いて行った。そこいらはもうだいぶ木立が深いと見え、空気はひえびえとしていた。ところどころに小さな沢が食いこんだりしていた。突然、私の頭の中にこんな考えが閃《ひらめ》いた。お前はこの夏、偶然出逢《であ》った私のような者にもあんなに従順だったように、いや、もっともっと、お前の父や、それからまたそういう父をも数に入れたお前のすべてを絶えず支配しているものに、素直に身を任せ切っているのではないだろうか？……「節子《せつこ》！　そういうお前であるのなら、私はお前がもっともっと好きになるだろう。私がもっとしっかりと生活の見透しがつくようになったら、どうしたってお前を貰《もら》いに行くから、それまではお父さんの許《もと》に今のままのお前でいるがいい……」そんなことを私は自分自身にだけ言い聞かせながら、しかしお前の同意を求めでもするかのように、いきなりお前の手をとった。お前はその手を私にとられるがままにさせていた。それから私達はそうして手を組んだまま、一つの沢の前に立ち止まりながら、押し黙って、私達の足許《あしもと》に深く食いこんでいる小さな沢のずっと底の、下生《したばえ》の羊歯《しだ》などの上まで、日の光が数知れず枝をさしかわしている低い灌木《かんぼく》の隙間をようやくのことで潜《くぐ》り抜けながら、斑《まだ》らに落ちていて、そんな木洩《こも》れ日《び》がそこまで届くうちにほとんどあるかないか位になっている微風にちらちらと揺れ動いているのを、何か切ないような気持で見つめていた。

それから二三日したある夕方、私は食堂で、お前がお前を迎えに来た父と食事を共にしているのを見出した。お前は私の方にぎごちなさそうに背中を向けていた。父の側にいることがお前にほとんど無意識的に取らせているにちがいない様子や動作は、私にはお前をついぞ見かけたこともないような若い娘のように感じさせた。

「たとい私がその名を呼んだにしたって……」と私は一人でつぶやいた。「あいつは平気でこっちを見向きもしないだろう。まるでもう私の呼んだものではないかのように……」

その晩、私は一人でつまらなそうに出かけて行った散歩からかえって来てからも、しばらくホテルの人けのない庭の中をぶらぶらしていた。山百合《やまゆり》が匂《にお》っていた。私はホテルの窓がまだ二つ三つあかりを洩《も》らしているのをぼんやりと見つめていた。そのうちすこし霧がかかって来たようだった。それを恐れでもするかのように、窓のあかりは一つびとつ消えて行った。そしてとうとうホテル中がすっかり真っ暗になったかと思うと、軽いきしりがして、ゆるやかに一つの窓が開いた。そして薔薇色《ばらいろ》の寝衣《ねまき》らしいものを着た、一人の若い娘が、窓の縁《へり》にじっと凭《よ》りかかり出した。それはお前だった。……

お前達が発《た》って行ったのち、日ごと日ごとずっと私の胸をしめつけていた、あの悲しみに似たような幸福の雰囲気《ふんいき》を、私はいまだにはっきりと蘇《よみがえ》らせることが出来る。

私は終日、ホテルに閉《と》じ籠《こも》っていた。そうして長い間お前のために打棄《うっちゃ》っておいた自分の仕事に取りかかり出した。私は自分にも思いがけない位、静かにその仕事に没頭することが出来た。そのうちにすべてが他の季節に移って行った。そしていよいよ私も出発しようとする前日、私はひさしぶりでホテルから散歩に出かけて行った。

秋は林の中を見ちがえるばかりに乱雑にしていた。葉のだいぶ少くなった木々は、その間から、人けの絶えた別荘のテラスをずっと前方にのり出させていた。菌類《きんるい》の湿《しめ》っぽい匂いが落葉の匂いに入りまじっていた。そういう思いがけない位の季節の推移が、――お前と別れてから私の知らぬ間にこんなにも立ってしまった時間というものが、私には異様に感じられた。私の心の裡《うち》のどこかしらに、お前から引き離されているのはただ一時的だと云った確信のようなものがあって、そのためこうした時間の推移までが、私には今までとは全然異った意味を持つようになり出したのであろうか？……そんなようなことを、私はすぐあとではっきりと確かめるまで、何やらぼんやりと感じ出していた。

私はそれから十数分後、一つの林の尽きたところ、そこから急に打ちひらけて、遠い地平線までも一帯に眺められる、一面に薄《すすき》の生い茂った草原の中に、足を踏み入れていた。そして私はその傍らの、既に葉の黄いろくなりかけた一本の白樺の木蔭に身を横たえた。そこは、その夏の日々、お前が絵を描いているのを眺めながら、私がいつも今のように身を横たえていたところだった。あの時にはほとんどいつも入道雲に遮《さえぎ》られていた地平線のあたりには、今は、どこか知らない、遠くの山脈までが、真っ白な穂先をなびかせた薄の上を分けながら、その輪廓《りんかく》を一つ一つくっきりと見せていた。

私はそれらの遠い山脈の姿をみんな暗記してしまう位、じっと目に力を入れて見入っているうちに、いままで自分の裡に潜んでいた、自然が自分のために極《き》めておいてくれたものを今こそやっと見出したと云う確信を、だんだんはっきりと自分の意識に上らせはじめていた。……

春

三月になった。ある午後、私がいつものようにぶらっと散歩のついでにちょっと立寄ったとでも云った風に節子の家を訪れると、門をはいったすぐ横の植込みの中に、労働者のかぶるような大きな麦稈帽《むぎわらぼう》をかぶった父が、片手に鋏《はさみ》をもちながら、そこいらの木の手入れをしていた。私はそういう姿を認めると、まるで子供のように木の枝を掻《か》き分けながら、その傍に近づいていって、二言三言挨拶《あいさつ》の言葉を交わしたのち、そのまま父のすることを物珍らしそうに見ていた。——そうやって植込みの中にすっぽりと身を入れていると、あちらこちらの小さな枝の上にときどき何かしら白いものが光ったりした。それはみんな莟《つぼみ》らしかった。……

「あれもこの頃はだいぶ元気になって来たようだが」父は突然そんな私の方へ顔をも

ち上げてその頃私と婚約したばかりの節子《せつこ》のことを言い出した。

「もう少し好《い》い陽気になったら、転地でもさせてみたらどうだろうね？」

「それはいいでしょうけれど……」と私は口ごもりながら、さっきから目の前にきらきら光っている一つの蕾がなんだか気になってならないと云った風をしていた。

「どこぞいいところはないかとこの間うちから物色しとるのだがね——」と父はそんな私には構わずに言いつづけた。「節子はFのサナトリウムなんぞどうか知らんと言うのじゃが、あなたはあそこの院長さんを知っておいでだそうだね？」

「ええ」と私はすこし上《うわ》の空《そら》でのように返事をしながら、やっとさっき見つけた白い蕾を手もとにたぐりよせた。

「だが、あそこなんぞは、あれ一人で行って居られるだろうか？」

「みんな一人で行っているようですよ」

「だが、あれにはなかなか行って居られまいね？」

父はなんだか困ったような顔つきをしたまま、しかし私の方を見ずに、自分の目の前にある木の枝の一つへいきなり鋏を入れた。それを見ると、私はとうとう我慢がしきれなくなって、それを私が言い出すのを父が待っているとしか思われない言葉を、ついと口に出した。

「なんでしたら僕も一緒に行ってもいいんです。いま、しかけている仕事の方も、ちょうどそれまでには片がつきそうですから……」

私はそう言いながら、やっと手の中に入れたばかりの莟のついた枝を再びそっと手離した。それと同時に父の顔が急に明るくなったのを私は認めた。

「そうしていただけたら、一番いいのだが、――しかしあなたにはえろう済まんな……」

「いいえ、僕なんぞにはかえってそう云った山の中の方が仕事ができるかも知れませんん……」

それから私達はそのサナトリウムのある山岳地方のことなど話し合っていた。が、いつのまにか私達の会話は、父のいま手入れをしている植木の上に落ちていった。二人のいまお互に感じ合っている一種の同情のようなものが、そんなとりとめのない話をまで活気づけるように見えた。……

「節子さんはお起きになっているのかしら？」しばらくしてから私は何気なさそうに訊《き》いてみた。

「さあ、起きとるでしょう。……どうぞ、構わんから、そこからあちらへ……」と父は鋏をもった手で、庭木戸の方を示した。私はやっと植込みの中を潜り抜けると、蔦《つた》がからみついて少し開きにくい位になったその木戸をこじあけて、そのまま庭から、この間まではアトリエに使われていた、離れのようになった病室の方へ近づいていった。

節子は、私の来ていることはもうとうに知っていたらしいが、私がそんな庭からはいって来ようとは思わなかったらしく、寝間着《ねまき》の上に明るい色の羽織をひっかけたまま、長椅子《ながいす》の上に横になりながら、細いリボンのついた、見かけたことのない婦人帽を手でおもちゃにしていた。

私がフレンチ扉《ドア》ごしにそういう彼女を目に入れながら近づいて行くと、彼女の方でも私を認めたらしかった。彼女は無意識に立ち上ろうとするような身動きをした。が、彼女はそのまま横になり、顔を私の方へ向けたまま、すこし気まり悪そうな微笑で私を見つめた。

「起きていたの？」私は扉のところで、いくぶん乱暴に靴を脱ぎながら、声をかけた。

「ちょっと起きてみたんだけれど、すぐ疲れちゃったわ」

そう言いながら、彼女はいかにも疲れを帯びたような、力なげな手つきで、ただ何んということもなしに手で弄《もてあそ》んでいたらしいその帽子を、すぐ脇《わき》にある鏡台の上へ無造作にほうり投げた。が、それはそこまで届かないで床の上に落ちた。私はそれに近寄って、ほとんど私の顔が彼女の足のさきにくっつきそうになるように屈《かが》み込《こ》んで、その帽子を拾い上げると、今度は自分の手で、さっき彼女がそうしていたように、それをおもちゃにし出していた。

それから私はやっと訊いた。「こんな帽子なんぞ取り出して、何をしていたんだい？」

「そんなもの、いつになったら被《かぶ》れるようになるんだか知れやしないのに、お父様ったら、きのう買っておいでになったのよ。……おかしなお父様でしょう？」

「これ、お父様のお見立てなの？　本当に好いお父様じゃないか。……どおれ、この帽子、ちょっとかぶってごらん」と私が彼女の頭にそれを冗談半分かぶせるような真《ま》似《ね》をしかけると、

「厭《いや》、そんなこと……」

彼女はそう言って、うるさそうに、それを避けでもするように、半ば身を起した。そうして言《い》い訣《わけ》のように弱々しい微笑をして見せながら、ふいと思い出したように、いくぶん痩《や》せの目立つ手で、すこし縺《もつ》れた髪を直しはじめた。その何気なしにしている、それでいていかにも自然に若い女らしい手つきは、それがまるで私を愛撫《あいぶ》でもし出したかのような、呼吸《いき》づまるほど*センシュアルな魅力を私に感じさせた。そうしてそれは、思わずそれから私が目をそらさずにはいられないほどだった……

やがて私はそれまで手で弄んでいた彼女の帽子を、そっと脇の鏡台の上に載せると、ふいと何か考え出したように黙りこんで、なおもそういう彼女からは目をそらせつづけていた。

「おおこりになったの?」と彼女は突然私を見上げながら、気づかわしそうに問うた。

「そうじゃないんだ」と私はやっと彼女の方へ目をやりながら、それから話の続きでもなんでもなしに、出し抜けにこう言い出した。「さっきお父様がそう言っていらしったが、お前、ほんとうにサナトリウムに行く気かい?」

「ええ、こうしていても、いつ良くなるのだか分らないのですもの。早く良くなれるんなら、どこへでも行っているわ。でも……」

「どうしたのさ？　なんて言うつもりだったんだい？」

「なんでもないの」

「なんでもなくってもいいから言ってごらん。……どうしても言わないね、じゃ僕が言ってやろうか？　お前、僕にも一緒に行けというのだろう？」

「そんなことじゃないわ」と彼女は急に私を遮ろうとした。

しかし私はそれには構わずに、最初の調子とは異って、だんだん真面目になりだした、いくぶん不安そうな調子で言いつづけた。「……いや、お前が来なくともいいと言ったって、そりあ僕は一緒に行くとも。だがね、ちょっとこんな気がして、それが気がかりなのだ。……僕はこうしてお前と一緒にならない前から、どこかの淋《さび》しい山の中へ、お前みたいな可哀《かわい》らしい娘と二人きりの生活をしに行くことを夢みていたことがあったのだ。お前にもずっと前にそんな私の夢を打ち明けやしなかったかしら？　ほら、あの山小屋の話さ、そんな山の中に私達は住めるのかしらと云って、あのときはお前は無邪気《むじゃき》そうに笑っていたろう？……実はね、こんどお前がサナトリウムへ行くと言い出しているのも、そんなことが知らず識《し》らずの裡にお前の心を動かしているのじゃないかと思ったのだ。……そうじゃないのかい？」

彼女はつとめて微笑みながら、黙ってそれを聞いていたが、

「そんなこともう覚えてなんかいないわ」と彼女はきっぱりと言った。それからむしろ私の方をいたわるような目つきでしげしげと見ながら、「あなたはときどき飛んでもないことを考え出すのね……」

それから数分後、私達は、まるで私達の間には何事もなかったような顔つきをして、フレンチ扉の向うに、芝生《しばふ》がもう大ぶ青くなって、あちらにもこちらにも陽炎《かげろう》らしいものの立っているのを、一緒になって珍らしそうに眺め出していた。

⁂

四月になってから、節子の病気はいくらかずつ恢復《かいふく》期に近づき出しているように見

えた。そしてそれがいかにも遅々《ちち》としていればいるほど、その恢復へのもどかしいような一歩一歩は、かえって何か確実なもののように思われ、私達には云い知れず頼もしくさえあった。

そんなある日の午後のこと、私が行くと、ちょうど父は外出していて、節子は一人で病室にいた。その日は大へん気分もよさそうで、いつもほとんど着たきりの寝間着を、めずらしく青いブラウスに着換えていた。私はそういう姿を見ると、どうしても彼女を庭へ引っぱり出そうとした。すこしばかり風が吹いていたが、それすら気持のいいくらい軟《やわ》らかだった。彼女はちょっと自信なさそうに笑いながら、それでも私にやっと同意した。そうして私の肩に手をかけて、フレンチ扉から、何んだか危かしそうな足つきをしながら、おずおずと芝生の上へ出て行った。生墻《いけがき》に沿うて、いろんな外国種のも混じって、どれがどれだか見分けられないくらいに枝と枝を交わしながら、ごちゃごちゃに茂っている植込みの方へ近づいてゆくと、それらの茂みの上には、あちらにもこちらにも白や黄や淡紫《うすむらさき》の小さな莟がもう今にも咲き出しそうになっていた。私はそんな茂みの一つの前に立ち止まると、去年の秋だったか、それがそうだと彼女

に教えられたのをひょっくり思い出して、

「これはライラックだったね？」と彼女の方をふり向きながら、半ば訊くように言った。

「それがどうもライラックじゃないかも知れないわ」と私の肩に軽く手をかけたまま、彼女はすこし気の毒そうに答えた。

「ふん……じゃ、いままで嘘《うそ》を教えていたんだね？」

「嘘なんか衝《つ》きやしないけれど、そういって人から頂戴《ちょうだい》したの。……だけど、あんまり好い花じゃないんですもの」

「なあんだ、もういまにも花が咲きそうになってから、そんなことを白状するなんて！　じゃあ、どうせあいつも……」

私はその隣りにある茂みの方を指さしながら、「あいつは何んていったっけなあ？」

「金雀児《えにしだ》？」と彼女はそれを引き取った。私達は今度はそっちの茂みの前に移っていった。「この金雀児は本物よ。ほら、黄いろいのと白いのと、莟が二種類あるでしょう？　こっちの白いの、それあ珍らしいのですって……お父様の御自慢よ……」

そんな他愛のないことを言い合いながら、その間じゅう節子は私の肩から手をはずさずに、しかし疲れたというよりも、うっとりとしたようになって、私に靠れかかっていた。それから私達はしばらくそのまま黙り合っていた。そうすることがこういう花咲き匂うような人生をそのまま少しでも引き留めて置くことが出来でもするかのように。ときおり軟らかな風が向うの生墻の間から抑えつけられていた呼吸かなんぞのように押し出されて、私達の前にしている茂みにまで達し、その葉を僅かに持ち上げながら、それからそこにそういう私達だけをそっくり完全に残したまんま通り過ぎていった。

突然、彼女が私の肩にかけていた自分の手の中にその顔を埋めた。私は彼女の心臓がいつもよりか高く打っているのに気がついた。

「疲れたの?」私はやさしく彼女に訊いた。

「いいえ」と彼女は小声に答えたが、私はますます私の肩に彼女のゆるやかな重みのかかって来るのを感じた。

「私がこんなに弱くって、あなたに何んだかお気の毒で……」彼女はそう囁いたのを、私は聞いたというよりも、むしろそんな気がした位のものだった。

「お前のそういう脆弱《ひよわ》なのが、そうでないより私にはもっとお前をいとしいものにさせているのだと云うことが、どうして分らないのだろうなあ……」と私はもどかしそうに心のうちで彼女に呼びかけながら、しかし表面はわざと何んにも聞きとれなかったような様子をしながら、そのままじっと身動きもしないでいると、彼女は急に私からそれを反《そ》らせるようにして顔をもたげ、だんだん私の肩から手さえも離して行きながら、

「どうして、私、この頃こんなに気が弱くなったのかしら？　こないだうちは、どんなに病気のひどいときだって何んとも思わなかった癖《くせ》に……」と、ごく低い声で、独り言でも言うように口ごもった。沈黙がそんな言葉を気づかわしげに引きのばしていた。そのうち彼女が急に顔を上げて、私をじっと見つめたかと思うと、それを再び伏《ふ》せながら、いくらか上《うわ》ずったような中音で言った。「私、なんだか急に生きたくなったのね……」

それから彼女は聞えるか聞えない位の小声で言い足した。「あなたのお蔭《かげ》で……」

＊
＊＊

それは、私達がはじめて出会ったもう二年前にもなる夏の頃、不意に私の口を衝いて出た、そしてそれから私が何んということもなしに口ずさむことを好んでいた、

風立ちぬ、いざ生きめやも。

という詩句が、それきりずっと忘れていたのに、またひょっくりと私達に蘇ってきたほどの、——云わば人生に先立った、人生そのものよりかもっと生き生きと、もっと切ないまでに愉《たの》しい日々であった。

私達はその月末に八ヶ岳山麓《やつがたけさんろく》のサナトリウムに行くための準備をし出していた。私は、ちょっとした識合《しりあ》いになっている、そのサナトリウムの院長がときどき上京する機会を捉《とら》えて、そこへ出かけるまでに一度節子の病状を診《み》て貰うことにした。

ある日、やっとのことで郊外にある節子の家までその院長に来て貰って、最初の診

察を受けた後、「なあに大したことはないでしょう。まあ、一二年山へ来て辛抱《しんぼう》なさるんですなあ」と病人達に言い残して忙しそうに帰ってゆく院長を、私は駅まで見送って行った。私は彼から自分にだけでも、もっと正確な彼女の病態を聞かしておいて貰いたかったのだった。

「しかし、こんなことは病人には言わぬようにしたまえ。父親《ファタア》にはそのうち僕からもよく話そうと思うがね」院長はそんな前置きをしながら、少し気むずかしい顔つきをして節子の容態をかなり細かに私に説明してくれた。それからそれを黙って聞いていた私の方をじっと見て、「君もひどく顔色が悪いじゃないか。ついでに君の身体も診ておいてやるんだったな」と私を気の毒がるように言った。

駅から私が帰って、再び病室にはいってゆくと、父はそのまま寝ている病人の傍に居残って、サナトリウムへ出かける日取などの打ち合わせを彼女とし出していた。なんだか浮かない顔をしたまま、私もその相談に加わり出した。「だが……」父はやがて何か用事でも思いついたように、立ち上がりながら、「もうこの位に良くなっているのだから、夏中だけでも行っていたら、よかりそうなものだがね」といかにも不審そうに言って、病室を出ていった。

二人きりになると、私達はどちらからともなくふっと黙り合った。それはいかにも春らしい夕暮であった。私はさっきからなんだか頭痛がしだしているような気がしていたが、それがだんだん苦しくなってきたので、そっと目立たぬように立ち上がると、硝子扉の方に近づいて、その一方の扉を半ば開け放ちながら、それに靠れかかった。そうしてしばらくそのまま私は、自分が何を考えているのかも分からない位にぼんやりして、一面にうっすらと靄《もや》の立ちこめている向うの植込みのあたりへ「いい匂がするなあ、何んの花のにおいだろう——」と思いながら、空虚な目をやっていた。

「何をしていらっしゃるの?」

私の背後で、病人のすこし嗄《しゃが》れた声がした。それが不意に私をそんな一種の麻痺《まひ》したような状態から覚醒《かくせい》させた。私は彼女の方には背中を向けたまま、いかにも何か他のことでも考えていたような、取ってつけたような調子で、

「お前のことだの、山のことだの、それからそこで僕達の暮らそうとしている生活のことだのを、考えているのさ……」と途切《とぎ》れ途切れに言い出した。が、そんなことを

言い続けているうちに、私はなんだか本当にそんな事を今しがたまで考えていたような気がしてきた。そうだ、それから私はこんなことも考えていたようだ。――「向うへいったら、本当にいろいろな事が起るだろうなあ。……しかし人生というものは、お前がいつもそうしているように、何もかもそれに任せ切っておいた方がいいのだ。……そうすればきっと、私達がそれを希《ねが》おうなどとは思いも及ばなかったようなものまで、私達に与えられるかも知れないのだ。……」そんなことまで心の裡で考えながら、それには少しも自分では気がつかずに、私はかえって何んでもないように見える些細《ささい》な印象の方にすっかり気をとられていたのだ。……

そんな庭面《にわも》はまだほの明るかったが、気がついてみると、部屋のなかはもうすっかり薄暗くなっていた。

「明りをつけようか?」私は急に気をとりなおしながら言った。

「まだつけないでおいて頂戴……」そう答えた彼女の声は前よりも嗄れていた。

しばらく私達は言葉もなくていた。

「私、すこし息ぐるしいの、草のにおいが強くて……」

「じゃ、ここも締《し》めておこうね」

私は、ほとんど悲しげな調子でそう応じながら、扉の握りに手をかけて、それを引きかけた。

「あなた……」彼女の声は今度はほとんど中性的なくらいに聞えた。「いま、泣いていらしったんでしょう？」

私はびっくりした様子で、急に彼女の方をふり向いた。

「泣いてなんかいるものか。……僕を見てごらん」

彼女は寝台の中から私の方へその顔を向けようともしなかった。もう薄暗くってそれとは定かに認めがたい位だが、彼女は何かをじっと見つめているらしい。しかし私がそれを気づかわしそうに自分の目で追って見ると、ただ空《くう》を見つめているきりだった。

「わかっているの、私にも……さっき院長さんに何か言われていらしったのが……」

私はすぐ何か答えたかったが、何んの言葉も私の口からは出て来なかった。私はただ音を立てないようにそっと扉を締めながら再び、夕暮れかけた庭面を見入り出した。

やがて私は、私の背後に深い溜息《ためいき》のようなものを聞いた。

「ご免《めん》なさい」彼女はとうとう口をきいた。その声はまだ少し顫《ふる》えを帯びていたが、前よりもずっと落着いていた。「こんなこと気になさらないでね……。私達、これから本当に生きられるだけ生きましょうね……」

私はふりむきながら、彼女がそっと目がしらに指先をあてて、そこにそれをじっと置いているのを認めた。

＊＊＊

四月下旬のある薄曇った朝、停車場まで父に見送られて、私達はあたかも蜜月の旅へでも出かけるように、父の前はさも愉しそうに、山岳地方へ向う汽車の二等室に乗り込んだ。汽車は徐《しず》かにプラットフォームを離れ出した。その跡《あと》に、つとめて何気なさそうにしながら、ただ背中だけ少し前屈《まえかが》みにして、急に年とったような様子をして立っている父だけを一人残して。――

すっかりプラットフォームを離れると、私達は窓を締めて、急に淋《さび》しくなったような顔つきをして、空いている二等室の一隅に腰を下ろした。そうやってお互の心と心を温め合おうとでもするように、膝《ひざ》と膝とをぴったりとくっつけながら……

風立ちぬ

私達の乗った汽車が、何度となく山を攀《よ》じのぼったり、深い渓谷に沿って走ったり、またそれから急に打ち展《ひら》けた葡萄畑《ぶどうばたけ》の多い台地を長いことかかって横切ったりしたのち、やっと山岳地帯へと果てしのないような、執拗《しつよう》な登攀《とうはん》をつづけ出した頃には、空は一層低くなり、いままではただ一面に鎖《と》ざしているように見えた真っ黒な雲が、いつの間にか離れ離れになって動き出し、それらが私達の目の上にまで圧《お》しかぶさるようであった。空気もなんだか底冷えがしだした。上衣《うわぎ》の襟《えり》を立てた私は、肩掛《かたかけ》にすっかり体を埋めるようにして目をつぶっている節子《せつこ》の、疲れたと云うよりも、すこし興奮しているらしい顔を不安そうに見守っていた。彼女はときどきぼんやりと目をひらいて私の方を見た。はじめのうちは二人はその度《たび》ごとに目と目で微笑みあったが、しまいにはただ不安そうに互を見合ったきり、すぐ二人とも目をそらせた。そうして彼女はまた目を閉じた。

「なんだか冷えてきたね。雪でも降るのかな」

「こんな四月になっても雪なんか降るの？」

「うん、この辺は降らないともかぎらないのだ」

まだ三時頃だというのにもうすっかり薄暗くなった窓の外へ目を注いだ。ところどころに真っ黒な樅《もみ》をまじえながら、葉のない落葉松《からまつ》が無数に並び出しているのに、すでに私達は八ヶ岳の裾《すそ》を通っていることに気がついたが、まのあたり見えるはずの山らしいものは影も形も見えなかった。……

汽車は、いかにも山麓らしい、物置小屋と大してかわらない小さな駅に停車した。駅には、高原療養所の印のついた法被《はっぴ》を着た、年とった、小使が一人、私達を迎えに来ていた。

駅の前に待たせてあった、古い、小さな自動車のところまで、私は節子を腕で支えるようにして行った。私の腕の中で、彼女がすこしよろめくようになったのを感じたが、私はそれには気づかないようなふりをした。

「疲れたろうね？」

「そんなでもないわ」

私達と一緒に下りた数人の土地の者らしい人々が、そういう私達のまわりで何やら囁き合っていたようだったが、私達が自動車に乗り込んでいるうちに、いつのまにかその人々は他の村人たちに混って見分けにくくなりながら、村のなかに消えていた。

私達の自動車が、みすぼらしい小家の一列に続いている村を通り抜けた後、それが見えない八ヶ岳の尾根《おね》までそのまま果てしなく拡《ひろ》がっているかと思える凸凹《でこぼこ》の多い傾斜地へさしかかったと思うと、背後に雑木林を背負いながら、赤い屋根をした、いくつもの側翼《そくよく》のある、大きな建物が、行く手に見え出した。

「あれだな」と、私は車台の傾きを身体に感じ出しながら、つぶやいた。

節子はちょっと顔を上げ、いくぶん心配そうな目つきで、それをぼんやりと見ただけだった。

　サナトリウムに着くと、私達は、その一番奥の方の、裏がすぐ雑木林になっている、病棟の二階の第一号室に入れられた。簡単な診察後、節子はすぐベッドに寝ているように命じられた。リノリウムで床を張った病室には、すべて真っ白に塗られたベッドと卓《つくえ》と椅子と、――それからその他には、いましがた小使が届けてくれたばかりの数箇のトランクがあるきりだった。二人きりになると、私はしばらく落着かずに、附添《つきそい》人《にん》のために宛《あ》てられた狭苦しい側室にはいろうともしないで、そんなむき出しな感じのする室内をぼんやりと見廻《みまわ》したり、また、何度も窓に近づいては、空模様ばかり気にしていた。風が真っ黒な雲を重たそうに引きずっていた。そしてときおり裏の雑木林から鋭い音を捥《も》いだりした。私は一度寒そうな恰好をしてバルコンに出て行った。バルコンは何んの仕切もなしにずっと向うの病室まで続いていた。その上には全く人けが絶えていたので、私は構わずに歩き出しながら、病室を一つ一つ覗いて行ってみると、ちょうど四番目の病室のなかに、一人の患者の寝ているのが半開きになった窓から見えたので、私はいそいでそのまま引っ返して来た。

やっとランプが点《つ》いた。それから私達は看護婦の運んで来てくれた食事に向い合った。それは私達が二人きりで最初に共にする食事にしては、すこし侘《わ》びしかった。食事中、外がもう真っ暗なので何も気がつかずに、ただ何んだかあたりが急に静かになったと思っていたら、いつのまにか雪になり出したらしかった。

私は立ち上って、半開きにしてあった窓をもう少し細目にしながら、その硝子に顔をくっつけて、それが私の息で曇りだしたほど、じっと雪のふるのを見つめていた。それからやっとそこを離れながら、節子の方を振り向いて、「ねえ、お前、何んだってこんな……」と言い出しかけた。

彼女はベッドに寝たまま、私の顔を訴えるように見上げて、それを私に言わせまいとするように、口へ指をあてた。

＊
＊＊

八ヶ岳の大きなのびのびとした代赭色《たいしゃいろ》の裾野《すその》がようやくその勾配《こうばい》を弛めようとする

ところに、サナトリウムは、いくつかの側翼を並行に拡げながら、南を向いて立っていた。その裾野の傾斜は更に延びて行って、二三の小さな山村を村全体傾かせながら、最後に無数の黒い松にすっかり包まれながら、見えない谿間《たにま》のなかに尽《つ》きていた。

サナトリウムの南に開いたバルコンからは、それらの傾いた村とその赭《あか》ちゃけた耕作地が一帯に見渡され、更にそれらを取り囲みながら果てしなく並《な》み立っている松林の上に、よく晴れている日だったならば、南から西にかけて、南アルプスとその二三の支脈とが、いつも自分自身で湧《わ》き上らせた雲のなかに見え隠れしていた。

サナトリウムに着いた翌朝、自分の側室で私が目を醒《さ》ますと、小さな窓枠の中に、藍青色《らんせいしょく》に晴れ切った空と、それからいくつもの真っ白い鶏冠《とさか》のような山巓《さんてん》が、そこにまるで大気からひょっくり生れでもしたような思いがけなさで、ほとんど目《ま》ながいに見られた。そして寝たままでは見られないバルコンや屋根の上に積った雪からは、急に春めいた日の光を浴びながら、絶えず水蒸気がたっているらしかった。

すこし寝過したくらいの私は、いそいで飛び起きて、隣りの病室へはいって行った。節子は、すでに目を醒ましていて、毛布にくるまりながら、ほてったような顔をしていた。

「お早う」私も同じように、顔がほてり出すのを感じながら、気軽そうに言った。「よく寝られた?」「ええ」彼女は私にうなずいて見せた。「ゆうべ睡眠剤《くすり》を飲んだの。なんだか頭がすこし痛いわ」

私はそんなことになんか構っていられないと云った風に、元気よく窓も、それからバルコンに通じる硝子扉も、すっかり開け放した。まぶしくって、一時は何も見られない位だったが、そのうちそれに目がだんだん馴《な》れてくると、雪に埋れたバルコンからも、屋根からも、野原からも、木からさえも、軽い水蒸気の立っているのが見え出した。

「それにとても可笑《おか》しな夢を見たの。あのね……」彼女が私の背後で言い出しかけた。

私はすぐ、彼女が何か打ち明けにくいようなことを無理に言い出そうとしているらしいのを覚《さと》った。そんな場合のいつものように、彼女のいまの声もすこし嗄れていた。

今度は私が、彼女の方を振り向きながら、それを言わせないように、口へ指をあてる番だった。……

やがて看護婦長がせかせかした親切そうな様子をしてはいって来た。こうして看護婦長は、毎朝、病室から病室へと患者達を一人一人見舞《みま》うのである。

「ゆうべはよくお休みになれましたか?」看護婦長は快活そうな声で尋《たず》ねた。

病人は何も言わないで、素直にうなずいた。

＊＊＊

こういう山のサナトリウムの生活などは、普通の人々がもう行き止まりだと信じているところから始まっているような、特殊《とくしゅ》な人間性をおのずから帯びてくるものだ。——私が自分の裡にそういう見知らないような人間性をぼんやりと意識しはじめたのは、入院後間もなく私が院長に診察室に呼ばれて行って、節子のレントゲンで撮《と》られた疾患部《しっかんぶ》の写真を見せられた時からだった。

院長は私を窓ぎわに連れて行って、私にも見よいように、その写真の原板を日に透《す》かせながら、一々それに説明を加えて行った。右の胸には数本の白々とした肋骨《ろっこつ》がくっきりと認められたが、左の胸にはそれらがほとんど何も見えない位、大きな、まるで暗い不思議な花のような、病竈《びょうそう》ができていた。

「思ったよりも病竈が拡がっているなあ。……こんなにひどくなってしまっているとは思わなかったね。……これじゃ、いま、病院中でも二番目ぐらいに重症かも知れんよ……」

そんな院長の言葉が自分の耳の中でがあがあするような気がしながら、私はなんだか思考力を失ってしまった者みたいに、いましがた見て来たあの暗い不思議な花のような影像《イマアジュ》をそれらの言葉とは少しも関係がないもののように、それだけを鮮《あざや》かに意識の閾《しきみ》に上らせながら、診察室から帰って来た。自分とすれちがう白衣の看護婦だの、もうあちこちのバルコンで日光浴をしだしている裸体《らたい》の患者達だの、病棟のざわめきだの、それから小鳥の囀《さえず》りだのが、そういう私の前を何んの連絡もなしに過ぎた。私はとうとう一番はずれの病棟にはいり、私達の病室のある二階へ通じる階段を昇《のぼ》ろうとして機械的に足を弛めた瞬間、その階段の一つ手前にある病室の中から、異様な、ついぞそんなのはまだ聞いたこともないような気味のわるい空咳《からぜき》が続けさまに洩れて来るのを耳にした。「おや、こんなところにも患者がいたのかなあ」と思いながら、私はそのドアについているNo.17という数字を、ただぼんやりと見つめた。

*
**

こうして私達のすこし風変りな愛の生活が始まった。

節子は入院以来、安静を命じられて、ずっと寝ついたきりだった。そのために、気分の好いときはつとめて起きるようにしていた入院前の彼女に比べると、かえって病人らしく見えたが、別に病気そのものは悪化したとも思えなかった。医者達もまた直《す》ぐ快癒《かいゆ》する患者として彼女をいつも取り扱っているように見えた。「こうして病気を生捕《いけど》りにしてしまうのだ」と院長などは冗談でも言うように言ったりした。

季節はその間に、いままで少し遅れ気味だったのを取り戻すように、急速に進み出していた。春と夏とがほとんど同時に押し寄せて来たかのようだった。毎朝のように、鶯《うぐいす》や閑古鳥《かんこどり》*の囀りが私達を眼ざませた。そしてほとんど一日中、周囲の林の新緑がサナトリウムを四方から襲《おそ》いかかって、病室の中まですっかり爽《さわ》やかに色づかせていた。それらの日々、朝のうちに山々から湧いて出て行った白い雲までも、夕方には再び元の山々へ立ち戻って来るかと見えた。

私は、私達が共にした最初の日々、私が節子の枕もとにほとんど附《つ》ききりで過したそれらの日々のことを思い浮べようとすると、それらの日々が互に似ているために、その魅力はなくはない単一さのために、ほとんどどれが後だか先きだか見分けがつかなくなるような気がする。

と言うよりも、私達はそれらの似たような日々を繰り返しているうちに、いつか全く時間というものからも抜け出してしまっていたような気さえする位だ。そして、そういう時間から抜け出したような日々にあっては、私達の日常生活のどんな些細《ささい》なものまで、その一つ一つがいままでとは全然異った魅力を持ち出すのだ。私の身近にあるこの微温《なまぬる》い、好い匂いのする存在、その少し早い呼吸、私の手をとっているそのしなやかな手、その微笑、それからまたときどき取り交わす平凡な会話、——そう云ったものをもし取り除いてしまうとしたら、あとには何も残らないような単一な日々だけれども、——我々の人生なんぞというものは要素的には実はこれだけなのだ、そして、こんなささやかなものだけで私達がこれほどまで満足していられるのは、ただ私がそれをこの女と共にしているからなのだ、と云うことを私は確信していられた。
それらの日々における唯一の出来事と云えば、彼女がときおり熱を出すこと位だった。それは彼女の体をじりじり衰えさせて行くものにちがいなかった。が、私達はそういう日は、いつもと少しも変らない日課の魅力を、もっと細心に、もっと緩慢に、あたかも禁断の果実の味をこっそり偸《ぬす》みでもするように味わおうと試みたので、私達のいくぶん死の味のする生の幸福はその時はいっそう完全に保たれた程だった。

そんなある夕暮、私はバルコンから、そして節子はベッドの上から、同じように、向うの山の背に入って間もない夕日を受けて、そのあたりの山だの丘《おか》だの松林だの山畑だのが、半ば鮮かな茜色を帯びながら、半ばまだ不確かなような鼠色《ねずみいろ》に徐々に侵《おか》されているのを、うっとりとして眺めていた。ときどき思い出したようにその森の上へ小鳥たちが抛物線《ほうぶつせん》を描《えが》いて飛び上った。——私は、このような初夏の夕暮がほんの一瞬時生じさせている一帯の景色は、すべてはいつも見馴れた道具立てながら、恐らく今を措《お》いてはこれほどの溢《あふ》れるような幸福の感じをもって私達自身にすら眺め得られないだろうことを考えていた。そしてずっと後になって、いつかこの美しい夕暮が私の心に蘇って来るようなことがあったら、私はこれに私達の幸福そのものの完全な絵を見出すだろうと夢みていた。

「何をそんなに考えているの？」私の背後から節子がとうとう口を切った。

「私達がずっと後になってね、今の私達の生活を思い出すようなことがあったら、それがどんなに美しいだろうと思っていたんだ」

「本当にそうかも知れないわね」彼女はそう私に同意するのがさも愉しいかのように応じた。

それからまた私達はしばらく無言のまま、再び同じ風景に見入っていた。が、そのうちに私は不意になんだか、こうやってうっとりとそれに見入っているのが自分であるような自分でないような、変に茫漠《ぼうばく》とした、取りとめのない、そしてそれが何んとなく苦しいような感じさえして来た。そのとき私は自分の背後で深い息のようなものを聞いたような気がした。が、それがまた自分のだったような気もされた。私はそれを確かめでもするように、彼女の方を振り向いた。

「そんなにいまの……」そういう私をじっと見返しながら、彼女はすこし嗄れた声で言いかけた。が、それを言いかけたなり、すこし躊躇《ためら》っていたようだったが、それから急にいままでとは異った打棄《うっちゃ》るような調子で、「そんなにいつまでも生きていられたらいいわね」と言い足した。

「また、そんなことを！」

私はいかにも焦《じ》れったいように小さく叫《さけ》んだ。

「ご免なさい」彼女はそう短く答えながら私から顔をそむけた。

いましがたまでの何か自分にも訣《わけ》の分らないような気分が私にはだんだん一種の苛《い》ら立たしさに変り出したように見えた。私はそれからもう一度山の方へ目をやったが、その時は既にもうその風景の上に一瞬間生じていた異様な美しさは消え失せていた。

その晩、私が隣りの側室へ寝に行こうとした時、彼女は私を呼び止めた。

「さっきはご免なさいね」

「もういいんだよ」

「私ね、あのとき他のことを言おうとしていたんだけれど……つい、あんなことを言ってしまったの」

「じゃ、あのとき何を言おうとしたんだい？」

「……あなたはいつか自然なんぞが本当に美しいと思えるのは死んで行こうとする者の眼にだけだと仰しゃったことがあるでしょう。……私、あのときね、それを思い出したの。何んだかあのときの美しさがそんな風に思われて」そう言いながら、彼女は私の顔を何か訴えたいように見つめた。

その言葉に胸を衝かれでもしたように、私は思わず目を伏せた。そのとき、突然、私の頭の中を一つの思想がよぎった。そしてさっきから私を苛ら苛らさせていた、何か不確かなような気分が、ようやく私の裡ではっきりとしたものになり出した。……「そうだ、おれはどうしてそいつに気がつかなかったのだろう？　あのとき自然なんぞをあんなに美しいと思ったのはおれじゃないのだ。それはおれ達だったのだ。まあ言ってみれば、節子の魂がおれの眼を通して、そしてただおれの流儀《りゅうぎ》で、夢みていただけなのだ。……それだのに、節子が自分の最後の瞬間のことを夢みているとも知らないで、おれはおれで、勝手におれ達の長生きした時のことなんぞ考えていたなんて……」

いつしかそんな考えをとつおいつし出していた私が、やっと目を上げるまで、彼女はさっきと同じように私をじっと見つめていた。私はその目を避《さ》けるような恰好をしながら、彼女の上に跼《かが》みかけて、その額にそっと接吻《せっぷん》した。私は心から羞《はず》かしかった。……

＊
＊＊

とうとう真夏になった。それは平地でよりも、もっと猛烈《もうれつ》な位であった。裏の雑木林では、何かが燃え出しでもしたかのように、蟬《せみ》がひねもす啼《な》き止まなかった。樹脂《じゅし》のにおいさえ、開け放した窓から漂って来た。夕方になると、戸外で少しでも楽な呼吸をするために、バルコンまでベッドを引き出させる患者達が多かった。それらの患者達を見て、私達ははじめて、この頃俄《にわ》かにサナトリウムの患者達の増え出したことを知った。しかし、私達は相かわらず誰にも構わずに二人だけの生活を続けていた。

この頃、節子は暑さのためにすっかり食欲《しょくよく》を失い、夜などもよく寝られないことが多いらしかった。私は、彼女の昼寝を守るために、前よりも一層、廊下《ろうか》の足音や、窓から飛びこんでくる蜂《はち》や虻《あぶ》などに気を配り出した。そして暑さのために思わず大きくなる私自身の呼吸にも気をもんだりした。

そのように病人の枕元で、息をつめながら、彼女の眠っているのを見守っているのは、私にとっても一つの眠りに近いものだった。私は彼女が眠りながら呼吸を速くしたり弛くしたりする変化を苦しいほどはっきりと感じるのだった。私は彼女と心臓の鼓動をさえ共にした。ときどき軽い呼吸困難が彼女を襲うらしかった。そんな時、手をすこし痙攣《けいれん》させながら咽《のど》のところまで持って行ってそれを抑えるような手つきをする、——夢に魘われてでもいるのではないかと思って、私が起してやったものかどうかと躊躇っているうち、そんな苦しげな状態はやがて過ぎ、あとに弛緩《しかん》状態がやって来る。そうすると、私も思わずほっとしながら、いま彼女の息づいている静かな呼吸に自分までが一種の快感さえ覚える。——そうして彼女が目を醒ますと、私はそっと彼女の髪に接吻をしてやる。彼女はまだ倦《だ》るそうな目つきで、私を見るのだった。

「あなた、そこにいたの?」

「ああ、僕もここで少しうつらうつらしていたんだ」

そんな晩など、自分もいつまでも寝つかれずにいるようなことがあると、私はそれが癖にでもなったように、自分でも知らずに、手を咽に近づけながらそれを抑えるような手つきを真似たりしている。そしてそれに気がついたあとで、それからやっと私は本当の呼吸困難を感じたりする。が、それは私にはむしろ快いものでさえあった。

「この頃なんだかお顔色が悪いようよ」ある日、彼女はいつもよりしげしげと見ながら言うのだった。「どうかなすったのじゃない?」

「なんでもないよ」そう言われるのは私の気に入った。「僕はいつだってこうじゃないか？」

「あんまり病人の側にばかり居ないで、少しは散歩くらいなすっていらっしゃらない？」

「この暑いのに、散歩なんか出来るもんか。……夜は夜で、真っ暗だしさ。……それに毎日、病院の中をずいぶん往《い》ったり来たりしているんだからなあ」

私はそんな会話をそれ以上にすすめないために、毎日廊下などで出逢ったりする、他の患者達の話を持ち出すのだった。よくバルコンの縁《へり》に一塊りになりながら、空を競馬場に、動いている雲をいろいろそれに似た動物に見立て合ったりしている年少の患者達のことや、いつも附添看護婦の腕にすがって、あてもなしに廊下を往復している、ひどい神経衰弱《すいじゃく》の、無気味なくらい背の高い患者のことなどを話して聞かせたりした。しかし、私はまだ一度もその顔は見たことがないが、いつもその部屋の前を通る度ごとに、気味のわるい、なんだかぞっとするような咳を耳にする例の第十七号室の患者のことだけは、つとめて避けるようにしていた。恐らくそれがこのサナトリウム中で、一番重症の患者なのだろうと思いながら。……

　八月もようやく末近くなったのに、まだずっと寝苦しいような晩が続いていた。そんなある晩、私達がなかなか寝つかれずにいると、(もうとっくに就寝時間の九時は過ぎていた。……)ずっと向うの下の病棟が何んとなく騒々《そうぞう》しくなり出した。それにときどき廊下を小走りにして行くような足音や、抑えつけたような看護婦の小さな叫びや、器具の鋭くぶつかる音がまじった。私はしばらく不安そうに耳を傾けていた。それがやっと鎮《しず》まったかと思うと、それとそっくりな沈黙のざわめきが、ほとんど同時に、あっちの病棟にもこっちの病棟にも起り出した、そしてしまいには私達のすぐ下の方からも聞えて来た。

　私は、今、サナトリウムの中を嵐のように暴れ廻っているものの何んであるかぐらいは知っていた。私はその間に何度も耳をそば立てては、さっきからあかりは消してあるものの、まだ同じように寝つかれずにいるらしい隣室の病人の様子を窺った。病人は寝返りさえ打たずに、じっとしているらしかった。私も息苦しいほどじっとしながら、そんな嵐がひとりでに衰《おとろ》えて来るのを待ち続けていた。

真夜中になってからやっとそれが衰え出すように見えたので、私は思わずほっとしながら少し微睡《まどろ》みかけたが、突然、隣室で病人がそれまで無理に抑えつけていたような神経的な咳を二つ三つ強くしたので、ふいと目を覚ました。そのまますぐその咳は止まったようだったが、私はどうも気になってならなかったので、そっと隣室にはいって行った。真っ暗な中に、病人は一人で怯《おび》えてでもいたように、大きく目を見ひらきながら、私の方を見ていた。私は何も言わずに、その側に近づいた。

「まだ大丈夫よ」

彼女はつとめて微笑をしながら、私に聞えるか聞えない位の低声で言った。私は黙ったまま、ベッドの縁に腰をかけた。

「そこにいて頂戴」

病人はいつもに似ず、気弱そうに、私にそう言った。私達はそうしたまままんじりともしないでその夜を明かした。

そんなことがあってから、二三日すると、急に夏が衰え出した。

***

九月になると、すこし荒れ模様の雨が何度となく降ったり止んだりしていたが、そのうちにそれはほとんど小止《おや》みなしに降り続き出した。それは木の葉を黄ばませるより先きに、それを腐らせるかと見えた。さしものサナトリウムの部屋部屋も、毎日窓を閉め切って薄暗いほどだった。風がときどき戸をばたつかせた。そして裏の雑木林から、単調な、重くるしい音を引きもぎった。風のない日は、私達は終日、雨が屋根づたいにバルコンの上に落ちるのを聞いていた。そんな雨がやっと霧に似だしたある早朝、私は窓から、バルコンの面している細長い中庭がいくぶん薄明くなって来たようなのをぼんやりと見おろしていた。その時、中庭の向うの方から、一人の看護婦が、そんな霧のような雨の中をそこここに咲き乱れている野菊《のぎく》やコスモスを手あたり次第に採りながら、こっちへ向って近づいて来るのが見えた。私はそれがあの第十七号室の附添看護婦であることを認めた。

「ああ、あのいつも不快な咳ばかり聞いていた患者が死んだのかも知れないなあ」ふとそんなことを思いながら、雨に濡れたまま何んだか興奮したようになってまだ花を採っているその看護婦の姿を見つめているうちに、私は急に心臓がしめつけられるような気がしだした。「やっぱりここで一番重かったのはあいつだったのかな？　が、あいつがとうとう死んでしまったとすると、こんどは？……ああ、あんなことを院長が言ってくれなければよかったんだに……」

私はその看護婦が大きな花束を抱えたままバルコンの蔭に隠れてしまってからも、うつけたように窓硝子に顔をくっつけていた。

「何をそんなに見ていらっしゃるの？」ベッドから病人が私に問うた。

「こんな雨の中で、さっきから花を採っている看護婦が居るんだけれど、あれは誰だろうかしら？」

私はそう独り言のようにつぶやきながら、やっとその窓から離れた。

しかし、その日はとうとう一日中、私はなんだか病人の顔をまともに見られずにいた。何もかも見抜いていながら、わざと知らぬような様子をして、ときどき私の方をじっと病人が見ているような気さえされて、それが私を一層苦しめた。こんな風にお互に分たれない不安や恐怖を抱きはじめ、二人が二人で少しずつ別々にものを考え出すなんと云うことは、いけないことだと思い返しては、私は早くこんな出来事は忘れてしまおうと努めながら、またいつのまにやらその事ばかりを頭に浮べていた。そしてしまいには、私達がこのサナトリウムに初めて着いた雪のふる晩に病人が見たという夢、はじめはそれを聞くまいとしながら遂に打ち負けて病人からそれを聞き出してしまったあの不吉な夢のことまで、いままでずっと忘れていたのに、ひょっくり思い浮べたりしていた。――その不思議な夢の中で、病人は死骸《しがい》になって棺《かん》の中に臥《ね》ていた。人々はその棺を担いながら、どこだか知らない野原を横切ったり、森の中へはいったりした。もう死んでいる彼女はしかし、棺の中から、すっかり冬枯《ふゆが》れた野面《のづら》や、黒い樅の木などをありありと見たり、その上をさびしく吹いて過ぎる風の音を耳に聞いたりしていた、……その夢から醒めてからも、彼女は自分の耳がとても冷たくて、樅のざわめきがまだそれを充《み》たしているのをまざまざと感じていた。……

そんな霧のような雨がなお数日降り続いているうちに、すでにもう他の季節になっていた。サナトリウムの中も、気がついてみると、あれだけ多数になっていた患者達も一人去り二人去りして、そのあとにはこの冬をこちらで越《こ》さなければならないような重い患者達ばかりが取り残され、また、夏の前のような寂《さび》しさに変り出していた。第十七号室の患者の死がそれを急に目立たせた。

九月の末のある朝、私が廊下の北側の窓から何気なしに裏の雑木林の方へ目をやってみると、その霧ぶかい林の中にいつになく人が出たり入ったりしているのが異様に感じられた。看護婦達に訊いてみても何も知らないような様子をしていた。それっきり私もつい忘れていたが、翌日もまた、早朝から二三人の人夫が来て、その丘の縁にある栗《くり》の木らしいものを伐《き》り倒しはじめているのが霧の中に見えたり隠れたりしていた。

その日、私は患者達がまだ誰も知らずにいるらしいその前日の出来事を、ふとしたことから聞き知った。それはなんでも、例の気味のわるい神経衰弱の患者がその林の中で縊死《いし》していたと云う話だった。そう云えば、どうかすると日に何度も見かけた、あの附添看護婦の腕にすがって廊下を往ったり来たりしていた大きな男が、昨日から急に姿を消してしまっていることに気がついた。

「あの男の番だったのか……」第十七号室の患者が死んでからというものすっかり神経質になっていた私は、それからまだ一週間と立たないうちに引き続いて起ったそんな思いがけない死のために、思わずほっとしたような気持になった。そしてそれは、そんな陰惨《いんさん》な死から当然私が受けたにちがいない気味悪さすら、私にはそのためにほとんど感ぜられずにしまったと云っていいほどであった。

「こないだ死んだ奴の次ぎ位に悪いと言われていたって、何も死ぬと決まっているわけのものじゃないんだからなあ」私はそう気軽そうに自分に向って言って聞かせたりした。

裏の林の中の栗の木が二三本ばかり伐り取られて、何んだか間の抜けたようになってしまった跡は、今度はその丘の縁を、引きつづき人夫達が切り崩し出し、そこからすこし急な傾斜で下がっている病棟の北側に沿った少しばかりの空地にその土を運んでは、そこいら一帯を緩《ゆる》やかなな・・・ぞえにしはじめていた。人はそこを花壇に変える仕事に取りかかっているのだ。

＊＊＊

「お父さんからお手紙だよ」

私は看護婦から渡された一束の手紙の中から、その一つを節子に渡した。彼女はベッドに寝たままそれを受取ると、急に少女らしく目を赫《かがや》かせながら、それを読み出した。

「あら、お父様がいらっしゃるんですって」

旅行中の父は、その帰途を利用して近いうちにサナトリウムへ立ち寄るということを書いて寄こしたのだった。

それはある十月のよく晴れた、しかし風のすこし強い日だった。近頃、寝たきりだったので食慾が衰え、やや痩せの目立つようになった節子は、その日からつとめて食事をし、ときどきベッドの上に起きていたり、腰かけたりしだした。彼女はまたときどき思い出し笑いのようなものを顔の上に漂わせた。私はそれに彼女がいつも父の前でのみ浮べる少女らしい微笑の下描きのようなものを認めた。私はそういう彼女のするがままにさせていた。

それから数日立ったある午後、彼女の父はやって来た。

彼はいくぶん前よりか顔にも老《おい》を見せていたが、それよりももっと目立つほど背中を屈めるようにしていた。それが何んとはなしに病院の空気を彼が恐れでもしているような様子に見せた。そうして病室へはいるなり、彼はいつも私の坐りつけている病人の枕元に腰を下ろした。ここ数日、すこし身体を動かし過ぎたせいか、昨日の夕方いくらか熱を出し、医者の云いつけで、彼女はその期待も空《むな》しく、朝からずっと安静を命じられていた。

ほとんどもう病人は癒《なお》りかけているものと思い込んでいたらしいのに、まだそうして寝たきりでいるのを見て、父はすこし不安そうな様子だった。そしてその原因を調べでもするかのように、病室の中を仔細《しさい》に見廻したり、看護婦達の一々の動作を見守ったり、それからバルコンにまで出て行って見たりしていたが、それらはいずれも彼を満足させたらしかった。そのうちに病人がだんだん興奮よりも熱のせいで頬を薔薇色にさせ出したのを見ると、「しかし顔色はとてもいい」と、娘がどこか良くなっていることを自分自身に納得させたいかのように、それればかり繰り返していた。

私はそれから用事を口実にして病室を出て行き、彼等を二人きりにさせておいた。やがてしばらくしてから、再びはいって行ってみると、病人はベッドの上に起き直っていた。そして掛布《かけふ》の上に、父のもってきた菓子函《かしばこ》や他の紙包を一ぱいに拡げていた。それは少女時代彼女の好きだった、そして今でも好きだと父の思っているようなものばかりらしかった。私を見ると、彼女はまるで悪戯《いたずら》を見つけられた少女のように、顔を赧《あか》くしながら、それを片づけ、すぐ横になった。

私はいくぶん気づまりになりながら、二人からすこし離れて、窓ぎわの椅子に腰かけた。二人は、私のために中断されたらしい話の続きを、さっきよりも低声で、続け出した。それは私の知らない馴染《なじ》みの人々や事柄《ことがら》に関するものが多かった。そのうちのある物は、彼女に、私の知り得ないような小さな感動をさえ与えているらしかった。私は二人のさも愉しげな対話を何かそういう絵でも見ているかのように、見較《みくら》べていた。そしてそんな会話の間に父に示す彼女の表情や抑揚のうちに、何か非常に少女らしい輝きが蘇るのを私は認めた。そしてそんな彼女の子供らしい幸福の様子が、私に、私の知らない彼女の少女時代のことを夢みさせていた。……

ちょっとの間、私達が二人きりになった時、私は彼女に近づいて、揶揄《からか》うように耳打ちした。

「お前は今日はなんだか見知らない薔薇色の少女みたいだよ」

「知らないわ」彼女はまるで小娘のように顔を両手で隠した。

＊＊＊

父は二日滞在《たいざい》して行った。

出発する前、父は私を案内役にして、サナトリウムのまわりを歩いた。が、それは私と二人きりで話すのが目的だった。空には雲ひとつない位に晴れ切った日だった。いつになくくっきりと赭ちゃけた山肌《やまはだ》を見せている八ヶ岳などを私が指して示しても、父はそれにはちょっと目を上げるきりで、熱心に話をつづけていた。

「ここはどうもあれの身体には向かないのではないだろうか？　もう半年以上にもなるのだから、もうすこし良くなっていそうなものだが……」

「さあ、今年の夏はどこも気候が悪かったのではないでしょうか？　それにこういう山の療養所なんぞは冬がいいのだと云いますが……」

「それは冬まで辛抱していられればいいのかも知れんが……しかしあれには冬まで我慢できまい……」

「しかし自分では冬も居る気でいるようですよ」私はこういう山の孤独《こどく》がどんなに私達の幸福を育《はぐく》んでいてくれるかと云うことを、どうしたら父に理解させられるだろうかともどかしがりながら、しかしそういう私達のために父の払っている犠牲のことを思えば何んともそれを言い出しかねて、私達のちぐはぐな対話を続けていた。「まあ、折角山へ来たのですから、居られるだけ居てみるようになさいませんか?」

「……だが、あなたも冬迄一緒に居て下されるのか?」

「ええ、もちろん居ますとも」

「それはあなたには本当にすまんな。……だが、あなたは、いま仕事はしておられるのか?」

「いいえ……」

「しかし、あなたも病人にばかり構っておらずに、仕事も少しはなさらなければいけないね」

「ええ、これから少し……」と私は口籠るように言った。

――「そうだ、おれは随分長いことおれの仕事を打棄らかしていたなあ。なんとかして今のうちに仕事もし出さなければあいけない」……そんなことまで考え出しながら、何かしら私は気持が一ぱいになって来た。それから私達はしばらく無言のまま、丘の上に佇《たたず》みながら、いつのまにか西の方から中空にずんずん拡がり出した無数の鱗《うろこ》のような雲をじっと見上げていた。

　やがて私達はもうすっかり木の葉の黄ばんだ雑木林の中を通り抜けて、裏手から病院へ帰って行った。その日も、人夫が二三人で、例の丘を切り崩していた。その傍を通り過ぎながら、私は「何んでもここへ花壇をこしらえるんだそうですよ」といかにも何気なさそうに言ったきりだった。


　夕方停車場まで父を見送りに行って、私が帰って来てみると、病人はベッドの中で身体を横向きにしながら、激しい咳にむせっていた。こんなに激しい咳はこれまで一度もしたことはないくらいだった。その発作がすこし鎮まるのを待ちながら、私が、「どうしたんだい?」と訊ねると、

「なんでもないの。……じき止まるわ」病人はそれだけやっと答えた。「その水を頂戴」

　私はフラスコからコップに水をすこし注いで、それを彼女の口に持って行ってやった。彼女はそれを一口飲むと、しばらく平静にしていたが、そんな状態は短い間に過

ぎ、またも、さっきよりも激しい位の発作が彼女を襲った。私はほとんどベッドの端《はし》までのり出して身もだえしている彼女をどうしようもなく、ただこう訊いたばかりだった。

「看護婦を呼ぼうか?」

「…………」

彼女はその発作が鎮まっても、いつまでも苦しそうに身体をねじらせたまま、両手で顔を蔽《おお》いながら、ただ頷《うなず》いて見せた。

私は看護婦を呼びに行った。そして私に構わず先きに走っていった看護婦のすこし後から病室へはいって行くと、病人はその看護婦に両手で支えられるようにしながら、いくぶん楽そうな姿勢に返っていた。が、彼女はうつけたようにぼんやりと目を見ひらいているきりだった。咳の発作は一時止まったらしかった。

看護婦は彼女を支えていた手を少しずつ放しながら、

「もう止まったわね。……すこうし、そのままじっとしていらっしゃいね」と言って、乱れた毛布などを直したりしはじめた。「いま注射を頼んで来て上げるわ」

看護婦は部屋を出て行きながら、どこに居ていいか分らなくなってドアのところに棒立ちに立っていた私に、ちょっと耳打ちした。「すこし血痰《けったん》を出してよ」

私はやっと彼女の枕元に近づいて行った。

彼女はぼんやりと目は見ひらいていたが、なんだか眠っているとしか思えなかった。私はその蒼ざめた額にほつれた小さな渦《うず》を巻いている髪を掻き上げてやりながら、その冷たく汗ばんだ額を私の手でそっと撫《な》でた。彼女はやっと私の温かい存在をそれに感じでもしたかのように、ちらっと謎のような微笑を脣に漂わせた。

＊＊＊

絶対安静の日々が続いた。

病室の窓はすっかり黄色い日覆《ひおおい》を卸《おろ》され、中は薄暗くされていた。看護婦達も足を爪立《つまだ》てて歩いた。私はほとんど病人の枕元に附きっきりでいた。夜伽《よとぎ》も一人で引き受けていた。ときどき病人は私の方を見て何か言い出しそうにした。私はそれを言わせないように、すぐ指を私の口にあてた。

そのような沈黙が、私達をそれぞれ各自の考えの裡に引っ込ませていた。が、私達はただ相手が何を考えているのかを、痛いほどはっきりと感じ合っていた。そして私が、今度の出来事をあたかも自分のために病人が犠牲にしていてくれたものが、ただ目に見えるものに変ったただけかのように思いつめている間、病人はまた病人で、これまで二人してあんなにも細心に細心にと育て上げてきたものを自分の軽はずみから一瞬に打ち壊してしまいでもしたように悔いているらしいのが、はっきりと私に感じられた。

そしてそういう自分の犠牲を犠牲ともしないで、自分の軽はずみなことばかりを責めているように見える病人のいじらしい気持が、私の心をしめつけていた。そういう犠牲をまで病人に当然の代償《だいしょう》のように払わせながら、それがいつ死の床《とこ》になるかも知れぬようなベッドで、こうして病人と共に愉しむようにして味わっている生の快楽――それこそ私達を、この上なく幸福にさせてくれるものだと私達が信じているもの、――それは果して私達を本当に満足させ了《おお》せるものだろうか？　私達がいま私達の幸福だと思っているものは、私達がそれを信じているよりは、もっと束《つか》の間《ま》のもの、もっと気まぐれに近いようなものではないだろうか？……

夜伽に疲れた私は、病人の微睡んでいる傍で、そんな考えをとつおいつしながら、この頃ともすれば私達の幸福が何物かに脅《おびや》かされがちなのを、不安そうに感じていた。


その危機は、しかし、一週間ばかりで立ち退いた。

ある朝、看護婦がやっと病室から日覆を取り除けて、窓の一部を開け放して行った。窓から射し込んで来る秋らしい日光をまぶしそうにしながら、

「気持がいいわ」と病人はベッドの中から蘇ったように言った。

彼女の枕元で新聞を拡げていた私は、人間に大きな衝動を与える出来事なんぞと云うものはかえってそれが過ぎ去った跡は何んだかまるで他所《よそ》の事のように見えるものだなあと思いながら、そういう彼女の方をちらりと見やって、思わず揶揄《やゆ》するような調子で言った。

「もうお父さんが来たって、あんなに興奮しない方がいいよ」

彼女は顔を心持ち赧らめながら、そんな私の揶揄を素直に受け入れた。

「こんどはお父様がいらっしったって知らん顔をしていてやるわ」

「それがお前に出来るんならねえ……」

そんな風に冗談でも言い合うように、私達はお互に相手の気持をいたわり合うようにしながら、一緒になって子供らしく、すべての責任を彼女の父に押しつけ合ったりした。

そうして私達は少しもわざとらしくなく、この一週間の出来事がほんの何かの間違いに過ぎなかったような、気軽な気分になりながら、いましがたまで私達を肉体的ばかりでなく、精神的にも襲いかかっているように見えた危機を、事もなげに切り抜け出していた。少くとも私達にはそう見えた。……


ある晩、私は彼女の側で本を読んでいるうち、突然、それを閉じて、窓のところに行き、しばらく考え深そうに佇んでいた。それからまた、彼女の傍に帰った。私は再び本を取り上げて、それを読み出した。

「どうしたの？」彼女は顔を上げながら私に問うた。

「何んでもない」私は無造作にそう答えて、数秒時本の方に気をとられているような様子をしていたが、とうとう私は口を切った。

「こっちへ来てあんまり何もせずにしまったから、僕はこれから仕事でもしようかと考え出しているのさ」

「そうよ、お仕事をなさらなければいけないわ。お父様もそれを心配なさっていたわ」彼女は真面目な顔つきをして返事をした。「私なんかのことばかり考えていないで……」

「いや、お前のことをもっと考えたいんだ……」私はそのとき咄嗟《とっさ》に頭に浮んで来たある小説の漠《ばく》としたイデエをすぐその場で追い廻し出しながら、独り言のように言い続けた。「おれはお前のことを小説に書こうと思うのだよ。それより他のことは今のおれには考えられそうもないのだ。おれ達がこうしてお互に与え合っているこの幸福、――皆がもう行き止まりだと思っているところから始っているようなこの生の愉しさ、――そう云った誰も知らないような、おれ達だけのものを、おれはもっと確実なものに、もうすこし形をなしたものに置き換えたいのだ。分るだろう？」

「分るわ」彼女は自分自身の考えでも逐《お》うかのように私の考えを逐っていたらしく、それにすぐ応じた。が、それから口をすこし歪《ゆが》めるように笑いながら、「私のことならどうでもお好きなようにお書きなさいな」と私を軽く遇《あしら》うように言い足した。

私はしかし、その言葉を率直に受取った。

「ああ、それはおれの好きなように書くともさ。……が、今度の奴はお前にもたんと助力して貰わなければならないのだよ」

「私にも出来ることなの？」

「ああ、お前にはね、おれの仕事の間、頭から足のさきまで幸福になっていて貰いたいんだ。そうでないと……」

一人でぼんやりと考え事をしているのよりも、こうやって二人で一緒に考え合っているみたいな方が、余計自分の頭が活撥《かっぱつ》に働くのを異様に感じながら、私はあとからあとからと湧いてくる思想に押されでもするかのように、病室の中をいつか往ったり来たりし出していた。

「あんまり病人の側にばかりいるから、元気がなくなるのよ。……すこしは散歩でもしていらっしゃらない？」

「うん、おれも仕事をするとなりあ」と私は目を赫かせながら、元気よく答えた。

「うんと散歩もするよ」

＊＊＊

私はその森を出た。大きな沢を隔《へだ》てながら、向うの森を越して、八ヶ岳の山麓一帯が私の目の前に果てしなく展開していたが、そのずっと前方、ほとんどその森とすれすれぐらいのところに、一つの狭い村とその傾いた耕作地とが横たわり、そして、その一部にいくつもの赤い屋根を翼《つば》さのように拡げたサナトリウムの建物が、ごく小さな姿になりながらしかし明瞭《めいりょう》に認められた。

私は早朝から、どこをどう歩いているのかも知らずに、足の向くまま、自分の考えにすっかり身を任せ切ったようになって、森から森へとさ迷いつづけていたのだったが、いま、そんな風に私の目のあたりに、秋の澄《す》んだ空気が思いがけずに近よせているサナトリウムの小さな姿を、不意に視野に入れた刹那《せつな》、私は急に何か自分に憑《つ》いていたものから醒めたような気持で、その建物の中で多数の病人達に取り囲まれながら、毎日毎日を何気なさそうに過している私達の生活の異様さを、はじめてそれから引き離して考え出した。そうしてさっきから自分の裡に湧き立っている制作慾にそれからそれへと促されながら、私はそんな私達の奇妙な日ごと日ごとを一つの異常にパセ*ティックな、しかも物静かな物語に置き換え出した。……「節子よ、これまで二人のものがこんな風に愛し合ったことがあろうとは思えない。いままでお前というものは居なかったのだもの。それから私というものも……」

私の夢想は、私達の上に起ったさまざまな事物の上を、ある時は迅速《じんそく》に過ぎ、ある時はじっと一ところに停滞《ていたい》し、いつまでもいつまでも躊躇っているように見えた。私は節子から遠くに離れてはいたが、その間絶えず彼女に話しかけ、そして彼女の答えるのを聞いた。そういう私達についての物語は、生そのもののように、果てしがないように思われた。そうしてその物語はいつのまにかそれ自身の力でもって生きはじめ、私に構わず勝手に展開し出しながら、ともすれば一ところに停滞しがちな私をそこに取り残したまま、その物語自身があたかもそういう結果を欲しでもするかのように、病める女主人公の物悲しい死を作為《さくい》しだしていた。――身の終りを予覚しながら、その衰えかかっている力を尽して、つとめて快活に、つとめて気高く生きようとしていた娘、――恋人の腕に抱かれながら、ただその残される者の悲しみを悲しみながら、自分はさも幸福そうに死んで行った娘、――そんな娘の影像が空《くう》に描いたようにはっきりと浮んでくる。……「男は自分達の愛を一層純粋なものにしようと試みて、病身の娘を誘うようにして山のサナトリウムにはいって行くが、死が彼等を脅かすようになると、男はこうして彼等が得ようとしている幸福は、果してそれが完全に得られたにしても彼等自身を満足させ得るものかどうかを、次第に疑うようになる。――が、娘はその死苦のうちに最後まで自分を誠実に介抱《かいほう》してくれたことを男に感謝しながら、さも満足そうに死んで行く。そして男はそういう気高い死者に助けられながら、やっと自分達のささやかな幸福を信ずることが出来るようになる……」

そんな物語の結末がまるでそこに私を待ち伏せてでもいたかのように見えた。そして突然、そんな死に瀕《ひん》した娘の影像が思いがけない烈《はげ》しさで私を打った。私はあたかも夢から覚めたかのように何んともかとも言いようのない恐怖と羞恥《しゅうち》とに襲われた。そしてそういう夢想を自分から振り払おうとでもするように、私は腰かけていた橅《ぶな》の裸根から荒々しく立ち上った。

太陽はすでに高く昇っていた。山や森や村や畑、——そうしたすべてのものは秋の穏《おだや》かな日の中にいかにも安定したように浮んでいた。かなたに小さく見えるサナトリウムの建物の中でも、すべてのものは毎日の習慣を再び取り出しているのに違いなかった。そのうち不意に、それらの見知らぬ人々の間で、いつもの習慣から取残されたまま、一人でしょんぼりと私を待っている節子の寂しそうな姿を頭に浮べると、私は急にそれが気になってたまらないように、急いで山径を下りはじめた。

私は裏の林を抜けてサナトリウムに帰った。そしてバルコンを迂回《うかい》しながら、一番はずれの病室に近づいて行った。私には少しも気がつかずに、節子は、ベッドの上で、いつもしているように髪の先きを手でいじりながら、いくぶん悲しげな目つきで空《くう》を見つめていた。私は窓硝子を指で叩《たた》こうとしたのをふと思い止まりながら、そういう彼女の姿をじっと見入った。彼女は何かに脅かされているのをやっと怺《こら》えているとでも云った様子で、それでいてそんな様子をしていることなどは恐らく彼女自身も気がついていないのだろうと思える位、ぼんやりしているらしかった。……私は心臓をしめつけられるような気がしながら、そんな見知らない彼女の姿を見つめていた。……と突然、彼女の顔が明るくなったようだった。彼女は顔をもたげて、微笑さえしだした。彼女は私を認めたのだった。

私はバルコンからはいりながら、彼女の側に近づいて行った。

「何を考えていたの？」

「なんにも……」彼女はなんだか自分のでないような声で返事をした。

私がそのまま何も言い出さずに、すこし気が鬱《ふさ》いだように黙っていると、彼女はやっといつもの自分に返ったような、親密な声で、

「どこへ行っていらしったの？　随分長かったのね」

と私に訊いた。

「向うの方だ」私は無雑作にバルコンの真正面に見える遠い森の方を指した。

「まあ、あんなところまで行ったの？……お仕事は出来そう？」

「うん、まあ……」私はひどく無愛想に答えたきり、しばらくまた元のような無言に返っていたが、それから出し抜けに私は、

「お前、いまのような生活に満足しているかい？」

といくらか上ずったような声で訊いた。

彼女はそんな突拍子《とっぴょうし》もない質問にちょっとたじろいだ様子をしていたが、それから私をじっと見つめ返して、いかにもそれを確信しているように頷きながら、

「どうしてそんなことをお訊きになるの？」

と不審《いぶか》しそうに問い返した。

「おれは何んだかいまのような生活がおれの気まぐれなのじゃないかと思ったんだ。そんなものをいかにも大事なもののようにこうやってお前にも……」

「そんなこと言っちゃ厭《いや》」彼女は急に私を遮《さえぎ》った。「そんなことを仰しゃるのがあなたの気まぐれなの」

けれども私はそんな言葉にはまだ満足しないような様子を見せていた。彼女はそういう私の沈んだ様子をしばらくはただもじもじしながら見守っていたが、とうとう怺え切れなくなったとでも言うように言い出した。

「私がここでもって、こんなに満足しているのが、あなたにはおわかりにならないの？どんなに体の悪いときでも、私は一度だって家へ帰りたいなんぞと思ったことはないわ。もしあなたが私の側に居て下さらなかったら、私は本当にどうなっていたでしょう？……さっきだって、あなたがお留守の間、最初のうちはそれでもあなたのお帰りが遅ければ遅いほど、お帰りになったときの悦《よろこ》びが余計になるばかりだと思って、痩我慢《やせがまん》していたんだけれど、――あなたがもうお帰りになると私の思い込んでいた時間をずうっと過ぎてもお帰りにならないので、しまいにはとても不安になって来たの。そうしたら、いつもあなたと一緒にいるこの部屋までがなんだか見知らない部屋のような気がしてきて、こわくなって部屋の中から飛び出したくなった位だったわ。……

でも、それからやっとあなたのいつか仰しゃったお言葉を考え出したら、すこうし気が落着いて来たの。あなたはいつか私にこう仰しゃったでしょう、――私達のいまの生活、ずっとあとになって思い出したらどんなに美しいだろうって……」

彼女はだんだん嗄れたような声になりながらそれを言い畢《お》えると、一種の微笑ともつかないようなもので口元を歪めながら、私をじっと見つめた。

彼女のそんな言葉を聞いているうちに、たまらぬほど胸が一ぱいになり出した私は、しかし、そういう自分の感動した様子を彼女に見られることを恐れでもするように、そっとバルコンに出て行った。そしてその上から、かつて私達の幸福をそこに完全に描き出したかとも思えたあの初夏の夕方のそれに似た――しかしそれとは全然異った秋の午前の光、もっと冷たい、もっと深味のある光を帯びた、あたり一帯の風景を私はしみじみと見入りだしていた。あのときの幸福に似た、しかしもっともっと胸のしめつけられるような見知らない感動で自分が一ぱいになっているのを感じながら……

冬

一九三五年十月二十日

午後、いつものように病人を残して、私はサナトリウムを離れると、収穫に忙しい農夫等の立ち働いている田畑の間を抜けながら、雑木林を越えて、その山の窪みにある人けの絶えた狭い村に下りた後、小さな谿流《けいりゅう》にかかった吊橋《つりばし》を渡って、その村の対岸にある栗の木の多い低い山へ攀《よ》じのぼり、その上方の斜面に腰を下ろした。そこで私は何時間も、明るい、静かな気分で、これから手を着けようとしている物語の構想に耽《ふけ》っていた。ときおり私の足もとの方で、思い出したように、子供等が栗の木をゆすぶって一どきに栗の実を落す、その谿《たに》じゅうに響きわたるような大きな音に愕《おどろ》かされながら……

そういう自分のまわりに見聞きされるすべてのものが、私達の生の果実もすでに熟していることを告げ、そしてそれを早く取り入れるようにと自分を促しでもしているかのように感ずるのが、私は好きであった。

ようやく日が傾いて、早くもその谿の村が向うの雑木山の影の中にすっかりはいってしまうのを認めると、私は徐かに立ち上って、山を下り、再び吊橋をわたって、あちらこちらに水車がごとごとと音を立てながら絶えず廻っている狭い村の中を何んということはなしに一まわりした後、八ヶ岳の山麓一帯に拡がっている落葉松林の縁を、もうそろそろ病人がもじもじしながら自分の帰りを待っているだろうと考えながら、心もち足を早めてサナトリウムに戻るのだった。

十月二十三日

明け方近く、私は自分のすぐ身近でしたような気のする異様な物音に驚いて目を覚ました。そうしてしばらく耳をそば立てていたが、サナトリウム全体は死んだようにひっそりとしていた。それからなんだか目が冴《さ》えて、私はもう寝つかれなくなった。

小さな蛾のこびりついている窓硝子をとおして、私はぼんやりと暁《あかつき》の星がまだ二つ三つ幽《かす》かに光っているのを見つめていた。が、そのうちに私はそういう朝明けが何んとも云えずに寂しいような気がして来て、そっと起き上ると、何をしようとしているのか自分でも分らないように、まだ暗い隣りの病室へ素足のままではいって行った。そうしてベッドに近づきながら、節子《せつこ》の寝顔を屈み込むようにして見た。すると彼女は思いがけず、ぱっちりと目を見ひらいて、そんな私の方を見上げながら、

「どうなすったの？」と訝《いぶか》しそうに訊いた。

私は何んでもないと云った目くばせをしながら、そのまま徐かに彼女の上に身を屈めて、いかにも怺え切れなくなったようにその顔へぴったりと自分の顔を押しつけた。

「まあ、冷たいこと」彼女は目をつぶりながら、頭をすこし動かした。髪の毛がかすかに匂った。そのまま私達はお互のつく息を感じ合いながら、いつまでもそうしてじっと頬ずりをしていた。

「あら、また、栗が落ちた……」彼女は目を細目に明けて私を見ながら、そう囁いた。

「ああ、あれは栗だったのかい。……あいつのお蔭でおれはさっき目を覚ましてしまったのだ」

私は少し上ずったような声でそう言いながら、そっと彼女を手放すと、いつの間にかだんだん明るくなり出した窓の方へ歩み寄って行った。そしてその窓に倚りかかっ

て、いましがたどちらの目から滲《にじ》み出たのかも分らない熱いものが私の頬を伝うがままにさせながら、向うの山の背にいくつか雲の動かずにいるあたりが赤く濁《にご》ったような色あいを帯び出しているのを見入っていた。畑の方からはやっと物音が聞え出した。

……

「そんな事をしていらっしゃるとお風を引くわ」ベッドから彼女が小さな声で言った。

私は何か気軽い調子で返事をしてやりたいと思いながら、彼女の方をふり向いた。が、大きく瞬《みは》って気づかわしそうに私を見つめている彼女の目と見合わせると、そんな言葉は出されなかった。そうして無言のまま窓を離れて、自分の部屋に戻って行った。

それから数分立つと、病人は明け方にいつもする、抑えかねたような劇《はげ》しい咳を出した。再び寝床に潜《もぐ》りこみながら、私は何んともかとも云われないような不安な気持でそれを聞いていた。

十月二十七日

私はきょうもまた山や森で午後を過した。

一つの主題が、終日、私の考えを離れない。真の婚約の主題――二人の人間がその余りにも短い一生の間をどれだけお互に幸福にさせ合えるか？　抗いがたい運命の前にしずかに頭を項低《うなだ》れたまま、互に心と心と、身と身とを温め合いながら、並んで立っている若い男女の姿、――そんな一組としての、寂しそうな、それでいてどこか愉しくないこともない私達の姿が、はっきりと私の目の前に見えて来る。それを措《お》いて、いまの私に何が描けるだろうか？……

果てしのないような山麓をすっかり黄ばませながら傾いている落葉林の縁を、夕方、私がいつものように足早に帰って来ると、ちょうどサナトリウムの裏になった雑木林のはずれに、斜めになった日を浴びて、髪をまぶしいほど光らせながら立っている一人の背の高い若い女が遠く認められた。私はちょっと立ち止まった。どうもそれは節子らしかった。しかしそんな場所に一人きりのようなのを見て、果して彼女かどうか分らなかったので、私はただ前よりも少し足を早めただけだった。が、だんだん近づいて見ると、それはやはり節子であった。

「どうしたんだい？」私は彼女の側に駈けつけて、息をはずませながら訊いた。

「ここであなたをお待ちしていたの」彼女は顔を少し赧くして笑いながら答えた。

「そんな乱暴な事をしても好いのかなあ」私は彼女の顔を横から見た。

「一遍《いっぺん》くらいなら構わないわ。……それにきょうはとても気分が好いのですもの」つとめて快活な声を出してそう言いながら、彼女はなおもじっと私の帰って来た山麓の方を見ていた。「あなたのいらっしゃるのが、ずっと遠くから見えていたわ」

私は何も言わずに、彼女の側に並んで、同じ方角を見つめた。

彼女が再び快活そうに言った。「ここまで出ると、八ヶ岳がすっかり見えるのね」

「うん」と私は気のなさそうな返事をしたきりだったが、そのままそうやって彼女と肩を並べてその山を見つめているうちに、ふいと何んだか不思議に混《こ》んがらかったような気がして来た。

「こうやってお前とあの山を見ているのはきょうが始めてだったね。だが、おれにはどうもこれまでに何遍もこうやってあれを見ていた事があるような気がするんだよ」

「そんなはずはないじゃあないの？」

「いや、そうだ……おれはいまやっと気がついた……おれ達はね、ずっと前にこの山をちょうど向う側から、こうやって一しょに見ていたことがあるのだ。いや、お前とそれを見ていた夏の時分はいつも雲に妨げられてほとんど何も見えやしなかったのさ。……しかし秋になってから、一人でおれがそこへ行ってみたら、ずっと向うの地平線の果てに、この山が今とは反対の側から見えたのだ。あの遠くに見えた、どこの山だかちっとも知らずにいたのが、確かにこれらしい。ちょうどそんな方角になりそうだ。……お前、あの薄がたんと生い茂っていた原を覚えているだろう？」

「ええ」

「だが実に妙だなあ。いま、あの山の麓にこうしてこれまで何も気がつかずにお前と暮らしていたなんて……」ちょうど二年前の、秋の最後の日、一面に生い茂った薄の間からはじめて地平線の上にくっきりと見出したこの山々を遠くから眺めながら、ほとんど悲しいくらいの幸福な感じをもって、二人はいつかはきっと一緒になれるだろうと夢見ていた自分自身の姿が、いかにも懐《なつ》かしく、私の目に鮮かに浮んで来た。

私達は沈黙に落ちた。その上空を渡り鳥の群れらしいのが音もなくすうっと横切って行く、その並み重った山々を眺めながら、私達はそんな最初の日々のような慕《した》わしい気持で、肩を押しつけ合ったまま、佇んでいた。そうして私達の影がだんだん長くなりながら草の上を這《は》うがままにさせていた。

やがて風が少し出たと見えて、私達の背後の雑木林が急にざわめき立った。私は「もうそろそろ帰ろう」と不意と思い出したように彼女に言った。

私達は絶えず落葉のしている雑木林の中へはいって行った。私はときどき立ち止まって、彼女を少し先きに歩かせた。二年前の夏、ただ彼女をよく見たいばかりに、わざと私の二三歩先きに彼女を歩かせながら森の中などを散歩した頃のさまざまな小さな思い出が、心臓をしめつけられる位に、私の裡に一ぱいに溢れて来た。

十一月二日

夜、一つの明りが私達を近づけ合っている。その明りの下で、ものを言い合わないことにも馴れて、私がせっせと私達の生の幸福を主題にした物語を書き続けていると、その笠《かさ》の陰《かげ》になった、薄暗いベッドの中に、節子はそこにいるのだかいないのだか分らないほど、物静かに寝ている。ときどき私がそっちへ顔を上げると、さっきからじっと私を見つめつづけていたかのように私を見つめていることがある。「こうやってあなたのお側に居さえすれば、私はそれで好いの」と私にさも言いたくってたまらないでいるような、愛情を籠めた目つきである。ああ、それがどんなに今の私に自分達の所有している幸福を信じさせ、そしてこうやってそれにはっきりした形を与えることに努力している私を助けていてくれることか！

十一月十日

冬になる。空は拡がり、山々はいよいよ近くなる。その山々の上方だけ、雪雲らしいのがいつまでも動かずにじっとしているようなことがある。そんな朝には山から雪に追われて来るのか、バルコンの上までがいつもはあんまり見かけたことのない小鳥で一ぱいになる。そんな雪雲の消え去ったあとは、一日ぐらいその山々の上方だけが薄白くなっていることがある。そしてこの頃はそんないくつかの山の頂きにはそういう雪がそのまま目立つほど残っているようになった。

私は数年前、しばしば、こういう冬の淋しい山岳地方で、可愛《かわい》らしい娘と二人きりで、世間から全く隔《へだた》って、お互がせつなく思うほどに愛し合いながら暮らすことを好んで夢みていた頃のことを思い出す。私は自分の小さい時から失わずにいる甘美《かんび》な人生へのかぎりない夢を、そういう人のこわがるような苛酷《かこく》なくらいの自然の中に、それをそっくりそのまま少しも害《そこな》わずに生かして見たかったのだ。そしてそのためにはどうしてもこういう本当の冬、淋しい山岳地方のそれでなければいけなかったのだ……

――夜の明けかかる頃、私はまだその少し病身な娘の眠っている間にそっと起きて、山小屋から雪の中へ元気よく飛び出して行く。あたりの山々は、曙《あけぼの》の光を浴びながら、薔薇色に赫いている。私は隣りの農家からしぼり立ての山羊《やぎ》の乳を貰って、すっかり凍《こご》えそうになりながら戻ってくる。それから自分で煖炉《だんろ》に焚木《たきぎ》をくべる。やがてそれがぱちぱちと活潑な音を立てて燃え出し、その音でやっとその娘が目を覚ます時分には、もう私はかじかんだ手をして、しかし、さも愉しそうに、いま自分達がそうやって暮している山の生活をそっくりそのまま書き取っている……

今朝、私はそういう自分の数年前の夢を思い出し、そんなどこにだってありそうもない版画じみた冬景色を目のあたりに浮べながら、その丸木造りの小屋の中のさまざまな家具の位置を換えたり、それについて私自身と相談し合ったりしていた。それから遂にそんな背景はばらばらになり、ぼやけて消えて行きながら、ただ私の目の前には、その夢からそれだけが現実にはみ出しでもしたように、ほんの少しばかり雪の積った山々と、裸になった木立と、冷たい空気とだけが残っていた。……

一人で先きに食事をすませてしまってから、窓ぎわに椅子をずらしてそんな思い出に耽っていた私は、そのとき急に、いまやっと食事を了《お》え、そのままベッドの上に起きながら、なんとなく疲れを帯びたようなぼんやりした目つきで山の方を見つめている節子の方をふり向いて、その髪の毛の少しほつれている窶《やつ》れたような顔をいつになく痛々しげに見つめ出した。

「このおれの夢がこんなところまでお前を連れて来たようなものなのだろうかし

ら?」と私は何か悔いに近いような気持で一ぱいになりながら、口には出さずに、病人に向って話しかけた。

「それだというのに、この頃のおれは自分の仕事にばかり心を奪《うば》われている。そうしてこんな風にお前の側にいる時だって、おれは現在のお前の事なんぞちっとも考えてやりはしないのだ。それでいて、おれは仕事をしながらお前のことをもっともっと考えているのだと、お前にも、それから自分自身にも言って聞かせてある。そうしておれはいつのまにか好い気になって、お前の事よりも、おれの詰まらない夢なんぞにこんなに時間を潰《つぶ》し出しているのだ……」

そんな私のもの言いたげな目つきに気がついたのか、病人はベッドの上から、にっこりともしないで、真面目に私の方を見かえしていた。この頃いつのまにか、そんな具合に、前よりかずっと長い間、もっともっとお互を締めつけ合うように目と目を見合わせているのが、私達の習慣になっていた。

十一月十七日

私はもう二三日すれば私のノオトを書き了えられるだろう。それは私達自身のこうした生活について書いていれば切りがあるまい。それをともかくも一応書き了えるためには、私は何か結末を与えなければならないのだろうが、今もなおこうして私達の生き続けている生活にはどんな結末だって与えたくはない。いや、与えられはしないだろう。むしろ、私達のこうした現在のあるがままの姿でそれを終らせるのが一番好いだろう。

現在のあるがままの姿？……私はいま何かの物語で読んだ「幸福の思い出ほど幸福を妨げるものはない」という言葉を思い出している。現在、私達の互に与え合っているものは、かつて私達の互に与え合っていた幸福とはまあ何んと異ったものになって来ているだろう！　それはそう云った幸福に似た、しかしそれとはかなり異った、もっともっと胸がしめつけられるように切ないものだ。こういう本当の姿がまだ私達の生の表面にも完全に現われて来ていないものを、このまま私はすぐ追いつめて行って、果してそれに私達の幸福の物語に相応《ふさわ》しいような結末を見出せるであろうか？

なぜだか分らないけれど、私がまだはっきりさせることの出来ずにいる私達の生の側面には、何んとなく私達のそんな幸福に敵意をもっているようなものが潜んでいるような気もしてならない。……

そんなことを私は何か落着かない気持で考えながら、明りを消して、もう寝入っている病人の側を通り抜けようとして、ふと立ち止まって暗がりの中にそれだけがほの白く浮いている彼女の寝顔をじっと見守った。その少し落ち窪んだ目のまわりがときどきぴくぴくと痙攣《ひっつ》れるようだったが、私にはそれが何物かに脅かされてでもいるように見えてならなかった。私自身の云いようもない不安がそれをただそんな風に感じさせるに過ぎないであろうか?

十一月二十日

私はこれまで書いて来たノオトをすっかり読みかえしてみた。私の意図したところは、これならまあどうやら自分を満足させる程度には書けているように思えた。

が、それとは別に、私はそれを読み続けている自分自身の裡に、その物語の主題をなしている私達自身の「幸福」をもう完全には味わえそうもなくなっている、本当に思いがけない不安そうな私の姿を見出しはじめていた。そうして私の考えはいつかその物語そのものを離れ出していた。「この物語の中のおれ達はおれ達に許されるだけのささやかな生の愉しみを味わいながら、それだけで独自《ユニイク》にお互を幸福にさせ合えると信じていられた。少くともそれだけで、おれはおれの心を縛《しば》りつけていられるものと思っていた。――が、おれ達はあんまり高く狙《ねら》い過ぎていたのであろうか？　そうして、おれはおれの生の欲求を少しばかり見くびり過ぎていたのであろうか？　そのために今、おれの心の縛《いましめ》がこんなにも引きちぎられそうになっているのだろうか？……」

「可哀そうな節子……」と私は机にほうり出したノオトをそのまま片づけようともしないで、考え続けていた。「こいつはおれ自身が、気づかぬようなふりをしていたそんなおれの生の欲求を沈黙の中に見抜いて、それに同情を寄せているように見えてならない。そしてそれがまたこうしておれを苦しめ出しているのだ。……おれはどうしてこんなおれの姿をこいつに隠し了せることが出来なかったのだろう？　何んておれは弱いのだろうなあ……」

私は、明りの蔭になったベッドにさっきから目を半ばつぶっている病人に目を移すと、ほとんど息づまるような気がした。私は明りの側を離れて、徐かにバルコンの方へ近づいて行った。小さな月のある晩だった。それは雲のかかった山だの、丘だの、森などの輪廓《りんかく》をかすかにそれと見分けさせているきりだった。そしてその他の部分はほとんどすべて鈍《にぶ》い青味を帯びた闇の中に溶《と》け入っていた。しかし私の見ていたものはそれ等《ら》のものではなかった。私は、いつかの初夏の夕暮に二人で切ないほどな同情をもって、そのまま私達の幸福を最後まで持って行けそうな気がしながら眺め合っていた、まだその何物も消え失せていない思い出の中の、それ等の山や丘や森などをまざまざと心に蘇らせていたのだった。そして私達自身までがその一部になり切ってしまっていたようなそういう一瞬時の風景を、こんな具合にこれまでも何遍《なんべん》となく蘇らせたので、それ等のものもいつのまにか私達の存在の一部になり、そしてもはや季節と共に変化してゆくそれ等のものの、現在の姿が時とすると私達にはほとんど見えないものになってしまう位であった。……

「あのような幸福な瞬間をおれ達が持てたということは、それだけでもうおれ達がこうして共に生きるのに値したのであろうか？」と私は自分自身に問いかけていた。

私の背後にふと軽い足音がした。それは節子にちがいなかった。が、私はふり向こうともせずに、そのままじっとしていた。彼女もまた何も言わずに、私から少し離れたまま立っていた。しかし、私はその息づかいが感ぜられるほど彼女を近ぢかと感じていた。ときおり冷たい風がバルコンの上をなんの音も立てずに掠め過ぎた。何処か遠くの方で枯木《かれき》が音を引きむしられていた。

「何を考えているの？」とうとう彼女が口を切った。

私はそれにはすぐ返事をしないでいた。それから急に彼女の方へふり向いて、不確かなように笑いながら、

「お前には分っているだろう？」と問い返した。

彼女は何か罠《わな》でも恐れるかのように注意深く私を見た。それを見て、私は、

「おれの仕事のことを考えているのじゃないか」とゆっくり言い出した。「おれにはどうしても好い結末が思い浮ばないのだ。おれはおれ達が無駄《むだ》に生きていたようにはは

それを終らせたくはないのだ。どうだ、一つお前もそれをおれと一しょに考えてくれないか?」

彼女は私に微笑んで見せた。しかし、その微笑みはどこかまだ不安そうであった。「だってどんな事をお書きになったんだかも知らないじゃないの」彼女はやっと小声で言った。

「そうだっけなあ」と私はもう一度不確かなように笑いながら言った。「それじゃあ、そのうちに一つお前にも読んで聞かせるかな。しかしまだ、最初の方だって人に読んで聞かせるほど纏《まと》まっちゃいないんだからね」

私達は部屋の中へ戻った。私が再び明りの側に腰を下ろして、そこにほうり出してあるノオトをもう一度手に取り上げて見ていると、彼女はそんな私の背後に立ったまま、私の肩にそっと手をかけながら、それを肩越しに覗き込むようにしていた。私はいきなりふり向いて、

「お前はもう寝た方がいいぜ」と乾いた声で言った。

「ええ」彼女は素直に返事をして、私の肩から手を少しためらいながら放すと、ベッ

ドに戻って行った。

「なんだか寝られそうもないわ」一二三分すると彼女がベッドの中で独り言のように言った。

「じゃ、明りを消してやろうか?……おれはもういいのだ」そう言いながら、私は明りを消して立ち上ると、彼女の枕もとに近づいた。そうしてベッドの縁に腰をかけながら、彼女の手を取った。私達はしばらくそうしたまま、暗の中に黙り合っていた。

さっきより風がだいぶ強くなったと見える。それはあちこちの森から絶えず音を引き捥いでいた。そしてときどきそれをサナトリウムの建物にぶっつけ、どこかの窓をばたばた鳴らしながら、一番最後に私達の部屋の窓を少しきしらせた。それに怯えでもしているかのように、彼女はいつまでも私の手をはなさないでいた。そうして目をつぶったまま、自分の裡の何かの作用《はたらき》に一心になろうとしているように見えた。そのうちにその手が少し緩《ゆる》んできた。彼女は寝入ったふりをし出したらしかった。

「さあ、今度はおれの番か……」そんなことを呟《つぶや》きながら、私も彼女と同じように寝られそうもない自分を寝つかせに、自分の真っ暗な部屋の中へはいって行った。

十一月二十六日

この頃、私はよく夜の明けかかる時分に目を覚ます。そんなときは、私はしばしばそっと起き上って、病人の寝顔をしげしげと見つめている。ベッドの縁や壜《びん》などはだんだん黄ばみかけて来ているのに、彼女の顔だけがいつまでも蒼白《あおじろ》い。「可哀そうな奴だなあ」それが私の口癖《くちぐせ》にでもなったかのように自分でも知らずにそう言っているようなこともある。

けさも明け方近くに目を覚ました私は、長い間そんな病人の寝顔を見つめてから、爪先《つまさ》き立って部屋を抜け出し、サナトリウムの裏の、裸過ぎる位に枯れ切った林の中へはいって行った。もうどの木にも死んだ葉が二つ三つ残って、それが風に抗っているきりだった。私がその空虚な林を出はずれた頃には、八ヶ岳の山頂を離れたばかりの日が、南から西にかけて立ち並んでいる山々の上に低く垂れたまま動こうともしないでいる雲の塊りを、見るまに赤あかと赫かせはじめていた。が、そういう曙の光も地上にはまだなかなか届きそうになかった。それらの山々の間に挟まれている冬枯れた森や畑や荒地《あれち》は、今、すべてのものから全く打ち棄てられてでもいるような様子を見せていた。

私はその枯木林のはずれに、ときどき立ち止まっては寒さに思わず足踏《あしぶ》みしながら、そこいらを歩き廻っていた。そうして何を考えていたのだか自分でも思い出せないような考えをとつおいつしていた私は、そのうち不意に頭を上げて、空がいつのまにか赫きを失った暗い雲にすっかり鎖《とざ》されているのを認めた。私はそれに気がつくと、ついさっきまでそれをあんなにも美しく焼いていた曙の光が地上に届くのをそれまで心待ちにしてでもいたかのように、急になんだか詰まらなそうな恰好をして、足早にサナトリウムに引返して行った。

節子はもう目を覚ましていた。しかし立ち戻った私を認めても、私の方へは物憂《ものう》げにちらっと目を上げたきりだった。そしてさっき寝ていたときよりも一層蒼いような顔色をしていた。私が枕もとに近づいて、髪をいじりながら額に接吻しようとすると、彼女は弱々しく首を振った。私はなんにも訊かずに、悲しそうに彼女を見ていた。が、彼女はそんな私をと云うよりも、寧ろ、そんな私の悲しみを見まいとするかのように、ぼんやりした目つきで空《くう》を見入っていた。

夜

何も知らずにいたのは私だけだったのだ。午前の診察の済んだ後で、私は看護婦長に廊下へ呼び出された。そして私ははじめて節子がけさ私の知らない間に少量の喀血をしたことを聞かされた。彼女は私にはそれを黙っていたのだ。喀血は危険と云う程度ではないが、用心のためにしばらく附添看護婦をつけておくようにと、院長が言い付けて行ったというのだ。――私はそれに同意するほかはなかった。

私はちょうど空いている隣りの病室に、その間だけ引き移っていることにした。私はいま、二人で住んでいた部屋にどこからどこまで似た、それでいて全然見知らないような感じのする部屋の中に、一人ぼっちで、この日記をつけている。こうして私が数時間前から坐っているのに、どうもまだこの部屋は空虚のようだ。ここにはまるで誰もいないかのように、明りさえも冷たく光っている。

十一月二十八日

私はほとんど出来上っている仕事のノオトを、机の上に、少しも手をつけようとはせずに、ほうり出したままにして置いてある。それを仕上げるためにも、しばらく別々に暮らした方がいいのだと云うことを病人には云い含めて置いたのだ。が、どうしてそれに描いたような私達のあんなに幸福そうだった状態に、今のようなこんな不安な気持のまま、私一人ではいって行くことが出来ようか？

私は毎日、二三時間隔《お》きぐらいに、隣りの病室に行き、病人の枕もとにしばらく坐っている。しかし病人に喋舌《しゃべ》らせることは一番好《よ》くないので、ほとんどものを言わずにいることが多い。看護婦のいない時にも、二人で黙って手を取り合って、お互になるたけ目も合わせないようにしている。

が、どうかして私達がふいと目を見合わせるようなことがあると、彼女はまるで私達の最初の日々に見せたような、ちょっと気まりの悪そうな微笑み方を私にして見せる。が、すぐ目を反らせて、空《くう》を見ながら、そんな状態に置かれていることに少しも不平を見せずに、落着いて寝ている。彼女は一度私に仕事は捗っているのかと訊いた。私は首を振った。そのとき彼女は私を気の毒がるような見方をして見た。が、それきりもう私にそんなことは訊かなくなった。そして一日は、他の日に似て、まるで何事もないかのように物静かに過ぎる。

そして彼女は私が代って彼女の父に手紙を出すことさえ拒《こば》んでいる。

夜、私は遅くまで何もしないで机に向ったまま、バルコンの上に落ちている明りの影が窓を離れるにつれてだんだん幽かになりながら、暗に四方から包まれているのを、あたかも自分の心の裡さながらのような気がしながら、ぼんやりと見入っている。ひょっとしたら病人もまだ寝つかれずに、私のことを考えているかも知れないと思いながら……

十二月一日

この頃になって、どうしたのか、私の明りを慕ってくる蛾がまた殖《ふ》え出したようだ。夜、そんな蛾がどこからともなく飛んで来て、閉め切った窓硝子にはげしくぶつかり、その打撃で自ら傷つきながら、なおも生を求めてやまないように、死に身になって硝子に孔《あな》をあけようと試みている。私がそれをうるさがって、明りを消してベッドにはいってしまっても、まだしばらく物狂《ものぐる》わしい羽搏《はばた》きをしているが、次第にそれが衰え、ついにどこかにしがみついたきりになる。そんな翌朝、私はかならずその窓の下に、一枚の朽《く》ち葉《ば》みたいになった蛾の死骸を見つける。

今夜もそんな蛾が一匹、とうとう部屋の中へ飛び込んで来て、私の向っている明りのまわりをさっきから物狂わしくくるくると廻っている。やがてばさりと音を立てて私の紙の上に落ちる。そしていつまでもそのまま動かずにいる。それからまた自分の生きていることをやっと思い出したように、急に飛び立つ。自分でももう何をしているのだか分らずにいるのだとしか見えない。やがてまた、私の紙の上にばさりと音を立てて落ちる。

私は異様な怖《おそ》れからその蛾を逐《お》いのけようともしないで、かえってさも無関心そうに、自分の紙の上でそれが死ぬままにさせておく。

十二月五日

夕方、私達は二人きりでいた。附添看護婦はいましがた食事に行った。冬の日は既に西方の山の背にはいりかけていた。そしてその傾いた日ざしが、だんだん底冷えのしだした部屋の中を急に明るくさせ出した。私は病人の枕もとで、ヒイタアに足を載せながら、手にした本の上に身を屈めていた。そのとき病人が不意に、

「あら、お父様」とかすかに叫んだ。

私は思わずぎくりとしながら彼女の方へ顔を上げた。私は彼女の目がいつになく赫いているのを認めた。――しかし私はさりげなさそうに、今の小さな叫びが耳にはいらなかったらしい様子をしながら、

「いま何か言ったかい?」と訊いて見た。

彼女はしばらく返事をしないでいた。が、その目は一層赫き出しそうに見えた。「あの低い山の左の端に、すこうし日のあたった所があるでしょう?」彼女はやっと思い切ったようにベッドから手でその方をちょっと指して、それから何んだか言いにくそうな言葉を無理にそこから引出しでもするように、その指先きを今度は自分の口へあてがいながら、「あそこにお父様の横顔にそっくりな影が、いま時分になると、いつも出来るのよ。……ほら、ちょうどいま出来ているのが分らない?」

その低い山が彼女の言っている山であるらしいのは、その指先きを辿《たど》りながら私にもすぐ分ったが、唯そこいらへんには斜めな日の光がくっきりと浮き立たせている山襞《やまひだ》しか私には認められなかった。

「もう消えて行くわ……ああ、まだ額のところだけ残っている……」

そのときやっと私はその父の額らしい山襞を認めることが出来た。それは父のがっしりとした額を私にも思い出させた。「こんな影にまで、こいつは心の裡で父を求めていたのだろうか? ああ、こいつはまだ全身で父を感じている、父を呼んでいる……」

が、一瞬間の後には、暗がその低い山をすっかり満たしてしまった。そしてすべての影は消えてしまった。

「お前、家へ帰りたいのだろう？」私はついと心に浮んだ最初の言葉を思わずも口に出した。

そのあとですぐ私は不安そうに節子の目を求めた。彼女はほとんどすげないような目つきで私を見つめ返していたが、急にその目を反らせながら、

「ええ、なんだか帰りたくなっちゃったわ」と聞えるか聞えない位な、かすれた声で言った。

私は脣を嚙《か》んだまま、目立たないようにベッドの側を離れて、窓ぎわの方へ歩み寄った。

私の背後で彼女が少し顫声《ふるえごえ》で言った。「ご免なさいね。……だけど、いまちょっとの間だけだわ。……こんな気持、じきに直るわ……」

私は窓のところに両手を組んだまま、言葉もなく立っていた。山々の麓《ふもと》にはもう暗《やみ》が塊《かた》まっていた。しかし山頂にはまだ幽かに光が漂っていた。突然咽をしめつけられ

るような恐怖が私を襲ってきた。私はいきなり病人の方をふり向いた。彼女は両手で顔を押さえていた。急に何もかもが自分達から失われて行ってしまいそうな、不安な気持で一ぱいになりながら、私はベッドに駈けよって、その手を彼女の顔から無理に除けた。彼女は私に抗おうとしなかった。

高いほどな額、もう静かな光さえ見せている目、引きしまった口もと、——何一ついつもと少しも変っていず、いつもよりかもっともっと犯し難いように私には思われた。……そうして私は何んでもないのにそんなに怯え切っている私自身を反《かえ》って子供のように感ぜずにはいられなかった。私はそれから急に力が抜けてしまったようになって、がっくりと膝を突いて、ベッドの縁に顔を埋めた。そうしてそのままいつまでもぴったりとそれに顔を押しつけていた。病人の手が私の髪の毛を軽く撫でているのを感じ出しながら……

部屋の中までもう薄暗くなっていた。

死のかげの谷

一九三六年十二月一日　K…村にて

ほとんど三年半ぶりで見るこの村は、もうすっかり雪に埋まっていた。一週間ばかりも前から雪がふりつづいていて、けさやっとそれが歇《や》んだのだそうだ。炊事《すいじ》の世話を頼んだ村の若い娘とその弟が、その男の子のらしい小さな橇《そり》に私の荷物を載せて、これからこの冬をそこで私の過ごそうという山小屋まで、引き上げて行ってくれた。その橇のあとに附いてゆきながら、途中で何度も私は滑りそうになった。それほどもう谷かげの雪はこちこちに凍《し》みついてしまっていた。……

私の借りた小屋は、その村からすこし北へはいった、ある小さな谷にあって、そこいらにも古くから外人たちの別荘があちこちに立っている、――なんでもそれらの別荘の一番はずれになっている筈だった。そこに夏を過ごしに来る外人たちがこの谷を称して幸福の谷と云っているとか。こんな人けの絶えた、淋しい谷の、一体どこが幸福の谷なのだろう、と私は今はどれもこれも雪に埋もれたまんま見棄《みす》てられているそう云う別荘を一つ一つ見過ごしながら、その谷を二人のあとから遅れがちに登って行くうちに、ふいとそれとは正反対の谷の名前さえ自分の口を衝いて出そうになった。私はそれを何かためらいでもするようにちょっと引っ込めかけたが、再び気を変えてとうとう口に出した。死のかげの谷。……そう、よっぽどそう云った方がこの谷には似合いそうだな、少くともこんな冬のさなか、こういうところで寂しい鰥暮《やもめぐ》らしをしようとしているおれにとっては。――と、そんな事を考え考え、やっと私の借りる一番最後の小屋の前まで辿り着いてみると、申しわけのように小さなヴェランダの附いた、その木皮葺《ぶ》きの小屋のまわりには、それを取囲んだ雪の上になんだか得体の知れない足跡が一ぱい残っている。姉娘がその締め切られた小屋の中へ先きにはいって雨戸などを明けている間、私はその小さな弟からこれは兎《うさぎ》これは栗鼠《りす》、それからこれは雉子《きじ》と、それらの異様な足跡を一々教えて貰っていた。

それから私は、半ば雪に埋もれたヴェランダに立って、周囲を眺めまわした。私達がいま上って来た谷陰《たにかげ》は、そこから見下ろすと、いかにも恰好のよい小ぢんまりとした谷の一部分になっている。ああ、いましがた例の橇に乗って一人だけ先きに帰っていった、あの小さな弟の姿が、裸の木と木との間から見え隠れしている。その可哀らしい姿がとうとう下方の枯木林の中に消えてしまうまで見送りながら、一わたりその谷間を見畢《みおわ》った時分、どうやら小屋の中も片づいたらしいので、私ははじめてその中にはいって行った。壁《かべ》まですっかり杉皮が張りつめられてあって、天井《てんじょう》も何もない程の、思ったよりも粗末《そまつ》な作りだが、悪い感じではなかった。すぐ二階にも上ってみたが、寝台から椅子と何から何まで二人分ある。ちょうどお前と私とのためのように。――そう云えば、本当にこう云ったような山小屋で、お前と差し向いの寂しさで暮すことを、昔の私はどんなに夢見ていたことか！……

夕方、食事の支度が出来ると、私はそのまますぐ村の娘を帰らせた。それから私は一人で煖炉の傍に大きな卓子《テエブル》を引き寄せて、その上で書きものから食事一切をすることに極《き》めた。その時ひょいと頭の上に掛かっている暦《こよみ》がいまだに九月のままになっているのに気がついて、それを立ち上がって剝《は》がすと、きょうの日附のところに印をつけて置いてから、さて、私は実に一年ぶりでこの手帳を開いた。

十二月二日

どこか北の方の山がしきりに吹雪《ふぶ》いているらしい。きのうなどは手に取るように見えていた浅間山も、きょうはすっかり雪雲に掩《おお》われ、その奥でさかんに荒れているように見え、この山麓の村までその巻添《まきぞ》えを食らって、ときどき日が明るく射《さ》しながら、ちらちらと絶えず雪が舞《ま》っている。どうかして不意にそんな雪の端が谷の上にかかりでもすると、その谷を隔《へだ》てて、ずっと南に連《つらな》った山々のあたりにはくっきりと青空が見えながら、谷全体が翳《かげ》って、ひとしきり猛烈《もうれつ》に吹雪く。と思うと、またぱあっと日があたっている。……

そんな谷の絶えず変化する光景を窓のところに行ってちょっと眺めやっては、またすぐ煖炉の傍に戻って来たりして、そのせいでか、私はなんとなく落着かない気持で一日じゅうを過ごした。

昼頃、風呂敷包《ふろしきづつみ》を背負った村の娘が足袋跣《たびはだ》しで雪の中をやって来てくれた。手から顔まで霜焼《しもや》けのしているような娘だが、素直そうで、それに無口なのが何よりも私には工合《ぐあい》が好《い》い。またきのうのように食事の用意だけさせて置いて、すぐに帰らせた。それから私はもう一日が終ってしまったかのように、煖炉の傍から離れないで、何もせずにぼんやりと、焚木がひとりでに起る風に煽られつつぱちぱちと音を立てながら燃えるのを見守っていた。

そのまま夜になった。一人で冷めたい食事をすませてしまうと、私の気持もいくぶん落着いてきた。雪は大した事にならずに止んだようだが、そのかわり風が出はじめていた。火が少しでも衰えて音をしずめると、その隙々《ひまひま》に、谷の外側でそんな風が枯木林から音を引き捥いでいるらしいのが急に近ぢかと聞えて来たりした。

それから一時間ばかり後、私は馴れない火にすこし逆上《のぼ》せたようになって、外気にあたりに小屋を出た。そうしてしばらく真っ暗な戸外を歩き廻っていたが、やっと顔が冷え冷えとしてきたので、再び小屋にはいろうとしかけながら、その時はじめて中から洩れてくる明りで、いまもなお絶えず細かい雪が舞っているのに気がついた。私は小屋にはいると、すこし濡れた体を乾かしに、再び火の傍に寄って行った。が、そうやってまた火にあたっているうちに、いつしか体を乾かしている事も忘れたようにぼんやりとして、自分の裡にある追憶《ついおく》を蘇らせていた。それは去年のいま頃、私達のいた山のサナトリウムのまわりに、ちょうど今夜のような雪の舞っている夜ふけのことだった。私は何度もそのサナトリウムの入口に立っては、電報で呼び寄せたお前の父の来るのを待ち切れなさそうにしていた。やっと真夜中近くになって父は着いた。しかしお前はそういう父をちらりと見ながら、脣のまわりにふと微笑ともつかないようなものを漂わせたきりだった。父は何も云わずにそんなお前の憔悴《しょうすい》し切った顔をじっと見守っていた。そうしてはときおり私の方へいかにも不安そうな目を向けた。が、私はそれには気がつかないようなふりをして、ただ、お前の方ばかりを見るともなしに見やっていた。そのうちに突然お前が何か口ごもったような気がしたので、私がお前の傍に寄ってゆくと、ほとんど聞えるか聞えない位の小さな声で、「あなたの髪に雪がついているの……」とお前は私に向って云った。——いま、こうやって一人きりで火の傍にうずくまりながら、ふいと蘇ったそんな思い出に誘われるようにして、私が何んの気なしに自分の手を頭髪に持っていって見ると、それはまだ濡れるともなく濡れていて、冷めたかった。私はそうやって見るまで、それには少しも気がつかずにいた。……

十二月五日

この数日、云いようもないほどよい天気だ。朝のうちはヴェランダ一ぱいに日が射し込んでいて、風もなく、とても温かだ。けさなどはとうとうそのヴェランダに小さな卓や椅子を持ち出して、まだ一面に雪に埋もれた谷を前にしながら、朝食をはじめた位だ。本当にこうして一人っきりでいるのはなんだか勿体ないようだ、と思いながら朝食に向っているうち、ひょいとすぐ目の前の枯れた灌木の根もとへ目をやると、いつのまにか雉子が来ている。それも二羽、雪の中に餌《えさ》をあさりながら、ごそごそと歩きまわっている……

「おい、来てごらん、雉子が来ているぞ」

私はあたかもお前が小屋の中に居でもするかのように想像して、声を低めてそう一人ごちながら、じっと息をつめてその雉子を見守っていた。お前がうっかり足音でも立てはしまいかと、それまで気づかいながら……

その途端《とたん》、どこかの小屋で、屋根の雪がどおっと谷じゅうに響きわたるような音を立てながら雪崩《なだ》れ落ちた。私は思わずどきりとしながら、まるで自分の足もとからのように二羽の雉子が飛び立ってゆくのを呆気《あっけ》にとられて見ていた。そのときほとんど同時に、私は自分のすぐ傍に立ったまま、お前がそういう時の癖で、何も言わずに、ただ大きく目を瞠《みは》りながら私をじっと見つめているのを、苦しいほどまざまざと感じた。

　午後、私ははじめて谷の小屋を下りて、雪の中に埋まった村を一周りした。夏から秋にかけてしかこの村を知っていない私には、いま一様に雪をかぶっている森だの、道だの、釘《くぎ》づけになった小屋だのが、どれもこれも見覚えがありそうでいて、どうしてもその以前の姿を思い出されなかった。昔、私が好んで歩きまわった水車の道に沿って、いつか私の知らない間に、小さなカトリック教会さえ出来ていた。しかもその美しい素木《しらき》造りの教会は、その雪をかぶった尖《とが》った屋根の下から、すでにもう黒ずみかけた壁板すらも見せていた。それが一層そのあたり一帯を私に何か見知らないように思わせ出した。それから私はよくお前と連れ立って歩いたことのある森の中へも、まだかなり深い雪を分けながらはいって行ってみた。やがて私は、どうやら見覚えのあるような気のする一本の樅《もみ》の木を認め出した。が、やっとそれに近づいて見たら、その樅の中からギャッと鋭い鳥の啼き声がした。私がその前に立ち止まると、一羽の、ついぞ見かけたこともないような、青味を帯びた鳥がちょっと愕《おどろ》いたように羽搏《はばた》いて飛び立ったが、すぐ他の枝に移ったまままかえって私に挑みでもするように、再びギャッ、ギャッと啼き立てた。私はその樅の木からさえ、心ならずも立ち去った。

十二月七日

集会堂の傍らの、冬枯れた林の中で、私は突然二声ばかり郭公《かっこう》の啼きつづけたのを聞いたような気がした。その啼き声はひどく遠くでしたようにも、またひどく近くでしたようにも思われて、それが私をそこいらの枯藪《かれやぶ》の中だの、枯木の上だの、空ざまを見まわせさせたが、それっきりその啼き声は聞えなかった。

それは矢張りどうも自分の聞き違えだったように私にも思われて来た。が、それよりも先きに、そのあたりの枯藪だの、枯木だの、空だのは、すっかり夏の懐しい姿に立ち返って、私の裡に鮮かに蘇えり出した。……

けれども、そんな三年前の夏の、この村で私の持っていたすべての物が既に失われて、いまの自分に何一つ残ってはいない事を、私が本当に知ったのもそれと一しょだった。

十二月十日

この数日、どういうものか、お前がちっとも生き生きと私に蘇って来ない。そうしてときどきこうして孤独でいるのが私にはほとんどたまらないように思われる。朝なんぞ、煖炉に一度組み立てた薪《まき》がなかなか燃えつかず、しまいに私は焦れったくなって、それを荒あらしく引っ掻きまわそうとする。そんなときだけ、ふいと自分の傍らに気づかわしそうにしているお前を感じる。――私はそれからやっと気を取りなおして、その薪をあらたに組み変える。

また午後など、すこし村でも歩いて来ようと思って、谷を下りてゆくと、この頃は雪解けがしている故、道がとても悪く、すぐ靴《くつ》が泥《どろ》で重くなり、歩きにくくてしようがないので、大抵《たいてい》途中から引っ返して来てしまう。そうしてまだ雪の凍みついている、谷までさしかかると、思わずほっとしながら、しかしこん度はこれから自分の小屋までずっと息の切れるような上り道になる。そこで私はともすれば滅入《めい》りそうな自分の心を引き立てようとして、「たとひわれ死のかげの谷を歩むとも禍害《わざわい》をおそれじ、なんぢ我とともに在《いま》せばなり……」と、そんなうろ覚えに覚えている詩篇《*しへん》の文句なんぞまで思い出して自分自身に云ってきかせるが、そんな文句も私にはただ空虚に感ぜられるばかりだった。

十二月十二日

夕方、水車の道に沿った例の小さな教会の前を私が通りかかると、そこの小使らしい男が雪泥の上に丹念に石炭殻《せきたんがら》を撒《ま》いていた。私はその男の傍に行って、冬でもずっとこの教会は開いているのですか、と何んという事もなしに訊いて見た。

「今年はもう二三日うちに締めますそうで――」とその小使はちょっと石炭殻を撒く手を休めながら答えた。「去年はずっと冬じゅう開いて居りましたが、今年は神父様が松本の方へお出《いで》になりますので……」

「そんな冬でもこの村に信者はあるんですか?」と私は無躾《ぶしつ》けに訊いた。

「ほとんど入《い》らっしゃいませんが。……大抵、神父様お一人で毎日のお弥撒《ミサ》をなさいます」

私達がそんな立ち話をし出しているところへ、ちょうど外出先からその独逸《ドイツ》人だとかいう神父が帰って来た。こん度は私がその日本語をまだ充分理解しない、しかし人なつこそうな神父に摑《つか》まって、何かと訊かれる番になった。そうしてしまいには何か聞き違えでもしたらしく、明日の日曜の弥撒には是非来い、と私はしきりに勧められた。

十二月十三日、日曜日

朝の九時頃、私は何を求めるでもなしにその教会へ行った。小さな蝋燭の火のともった祭壇《さいだん》の前で、もう神父が一人の助祭と共に弥撒をはじめていた。信者でもなんでもない私は、どうして好いか分からず、唯、音を立てないようにして、一番後ろの方にあった藁《わら》で出来た椅子にそのままそっと腰を下ろした。が、やっと内のうす暗さに目が馴れてくると、それまで誰もいないものとばかり思っていた信者席の、一番前列の、柱のかげに一人黒ずくめのなりをした中年の婦人がうずくまっているのが目に入ってきた。そうしてその婦人がさっきからずっと跪《ひざま》ずき続けているらしいのに気がつくと、私は急にその会堂のなかのいかにも寒々としているのを身にしみて感じた。……

それからも小一時間ばかり弥撒は続いていた。その終りかける頃、その婦人がふいと半巾《ハンカチ》を取りだして顔にあてがったのを私は認めた。しかしそれは何んのためだか、私には分からなかった。そのうちにやっと弥撒が済んだらしく、神父は信者席の方へは振り向かずに、そのまま脇にあった小室の中へ一度引っ込んで行った。その婦人はなおもまだじっと身動きもせずにいた。が、その間に、私だけはそっと教会から抜け出した。

それはうす曇った日だった。私はそれから雪解けのした村の中を、いつまでも何か充たされないような気持で、あてもなくさ迷っていた。昔、お前とよく絵を描きにいった、真ん中に一本の白樺のくっきりと立った原へも行ってみて、まだその根もとだけ雪の残っている白樺の木に懐しそうに手をかけながら、その指先きが凍えそうになるまで、立っていた。しかし、私にはその頃のお前の姿さえほとんど蘇って来なかった。……とうとう私はそこも立ち去って、何んともいうにいわれぬ寂しい思いで、枯木の間を抜けながら、一気に谷を昇って、小屋に戻って来た。

そうしてはあはあと息を切らしながら、思わずヴェランダの床板に腰を下ろしていると、そのとき不意とそんなむしゃくしゃした私に寄り添ってくるお前が感じられた。が、私はそれにも知らん顔をして、ぼんやりと頬杖《ほおづえ》をついていた。その癖、そういうお前をこれまでになく生き生きと――まるでお前の手が私の肩にさわっていはしまいかと思われる位、生き生きと感じながら……

「もうお食事の支度が出来ておりますが――」

小屋の中から、もうさっきから私の帰りを待っていたらしい村の娘が、そう私を食事に呼んだ。私はふっと現《うつつ》に返りながら、このままもう少しそっとしておいてくれたら好かりそうなものを、といつになく浮《う》かない顔つきをして小屋の中にはいって行った。そうして娘には一言も口をきかずに、いつものような一人きりの食事に向った。

夕方近く、私はなんだかまだ苛ら苛らしたような気分のままその娘を帰してしまったが、それから暫らくするとその事をいくぶん後悔し出しながら、再びなんと云う事もなしにヴェランダに出て行った。そうしてまたさっきのように(しかしこん度はお前なしに……)ぼんやりとまだ大ぶ雪の残っている谷間を見下ろしていると、ゆっくり枯木の間を抜け抜け誰だかその谷じゅうをと見こう見しながら、だんだんこっちの方へ登って来るのが認められた。どこへ来たのだろうと思いながら見続けていると、それは私の小屋を捜しているらしい神父だった。

十二月十四日

きのう夕方、神父と約束をしたので、私は教会へ訪ねて行った。あす教会を閉《とざ》して、すぐ松本へ立つとか云う事で、神父は私と話をしながらも、ときどき荷拵《にごしら》えをしている小使のところへ何か云いつけに立って行ったりした。そうしてこの村で一人の信者を得ようとしているのに、いまここを立ち去るのはいかにも残念だと繰り返し言っていた。私はすぐにきのう教会で見かけた、やはり独逸人らしい中年の婦人を思い浮べた。そうしてその婦人のことを神父に訊こうとしかけながら、その時ひょっくりこれはまた神父が何か思い違えて、私自身のことを言っているのではあるまいかと云う気もされ出した。……

そう妙にちぐはぐになった私達の会話は、それからはますます途絶えがちだった。そうして私達はいつか黙り合ったまま、熱過ぎるくらいの煖炉の傍で、窓硝子ごしに、小さな雲がちぎれちぎれになって飛ぶように過ぎる、風の強そうなしかし冬らしく明るい空を眺めていた。

「こんな美しい空は、こういう風のある寒い日でなければ見られませんですね」神父がいかにも何気なさそうに口をきいた。

「本当に、こういう風のある、寒い日でなければ……」と私は鸚鵡《おうむ》がえしに返事をしながら、神父のいま何気なく言ったその言葉だけは妙に私の心にも触れてくるのを感じていた……

一時間ばかりそうやって神父のところに居てから、私が小屋に帰って見ると、小さな小包が届いていた。ずっと前から註文《ちゅうもん》してあったリルケの「鎮魂歌《レクイエム》」が二三冊の本と一しょに、いろんな附箋《ふせん》がつけられて、方々へ廻送《かいそう》されながら、やっとの事でいま私の許に届いたのだった。

夜、すっかりもう寝るばかりに支度をして置いてから、私は煖炉の傍で、風の音をときどき気にしながら、リルケの「レクイエム」を読み始めた。

十二月十七日

また雪になった。けさからほとんど小止《おや》みもなしに降りつづいている。そうして私の見ている間に目の前の谷は再び真っ白になった。こうやっていよいよ冬も深くなるのだ。きょうも一日中、私は煖炉の傍らで暮らしながら、ときどき思い出したように窓ぎわに行って雪の谷をうつけたように見やっては、またすぐに煖炉に戻って来て、リルケの「レクイエム」に向っていた。未だにお前を静かに死なせておこうとはせずに、お前を求めてやまなかった、自分の女々《めめ》しい心に何か後悔に似たものをはげしく感じながら……

私は死者達を持っている、そして彼等を立ち去るがままにさせてあるが、彼等が噂とは似つかず、非常に確信的で、死んでいる事にもすぐ慣れ、すこぶる快活であるらしいのに驚いている位だ。ただお前——お前だけは帰って来た。お前は私を掠め、まわりをさ迷い、何物かに衝き当る、そしてそれがお前のために音を立てて、お前を裏切るのだ。おお、私が手間をかけて学んで得た物を私から取除けてくれるな。正しいのは私で、お前が間違っているのだ、もしかお前が誰かの事物に郷愁《きょうしゅう》を催《もよお》して いるのだったら。我々はその事物を目の前にしていても、

それはここに在るのではない。我々がそれを知覚すると同時に
その事物を我々の存在から反映させているきりなのだ。

十二月十八日

ようやく雪が歇《や》んだので、私はこういう時だとばかり、まだ行ったことのない裏の林を、奥へ奥へとはいって行って見た。ときどき何処かの木からどおっと音を立ててひとりでに崩《くず》れる雪の飛沫《ひまつ》を浴びながら、私はさも面白そうに林から林へと抜けて行った。勿論、誰もまだ歩いた跡なんぞはなく、唯、ところどころに兎がそこいら中を跳ねまわったらしい跡が一めんに附いているきりだった。また、どうかすると雉子の足跡のようなものがすうっと道を横切っていた……

しかしどこまで行っても、その林は尽きず、それにまた雪雲らしいものがその林の上に拡がり出してきたので、私はそれ以上奥へはいることを断念して途中から引っ返して来た。が、どうも道を間違えたらしく、いつのまにか私は自分自身の足跡をも見

失っていた。私はなんだか急に心細そうに雪を分けながら、それでも構わずにずんずん自分の小屋のありそうな方へ林を突切《つっき》って来たが、そのうちにいつからともなく私は自分の背後に確かに自分のではない、もう一つの足音がするような気がし出していた。それはしかしほとんどあるかないか位の足音だった……

私はそれを一度も振り向こうとはしないで、ずんずん林を下りて行った。そうして私は何か胸をしめつけられるような気持になりながら、きのう読《よ》み畢《お》えたリルケの「レクイエム」の最後の数行が自分の口を衝いて出るがままに任せていた。

帰って入らっしゃるな。そうしてもしお前に我慢できたら、
死者達の間に死んでお出《いで》。死者にもたんと仕事はある。
けれども私に助力はしておくれ、お前の気を散らさない程度で、
しばしば遠くのものが私に助力をしてくれるやうに——私の裡で。

十二月二十四日

夜、村の娘の家に招《よ》ばれて行って、寂しいクリスマスを送った。こんな冬は人けの絶えた山間の村だけれど、夏なんぞ外人達が沢山はいり込んでくるような土地柄《とちがら》ゆえ、普通の村人の家でもそんな真似事をして楽しむものと見える。

九時頃、私はその村から雪明りのした谷陰をひとりで帰って来た。そうして最後の枯木林に差しかかりながら、私はふとその道傍《みちばた》に雪をかぶって一塊りに塊っている枯藪の上に、どこからともなく、小さな光が幽かにぽつんと落ちているのに気がついた。こんなところにこんな光が、どうして射しているのだろうと訝《いぶか》りながら、そのどっか別荘の散らばった狭い谷じゅうを見まわして見ると、明りのついているのは、たった一軒、確かに私の小屋らしいのが、ずっとその谷の上方に認められるきりだった。……「おれはまあ、あんな谷の上に一人っきりで住んでいるのだなあ」と私は思いながら、その谷をゆっくりと登り出した。「そうしてこれまでは、おれの小屋の明りがこんな下の方の林の中にまで射し込んでいようなどとはちっとも気がつかずに。ご覧……」と私は自分自身に向って言うように、「ほら、あっちにもこっちにも、ほとんどこの谷じゅうを掩《おお》うように、雪の上に点々と小さな光の散らばっているのは、どれもみんなおれの小屋の明りなのだからな。……」

やっとその小屋まで登りつめると、私はそのままヴェランダに立って、一体この小屋の明りは谷のどの位を明るませているのか、もう一度見て見ようとした。が、そうやって見ると、その明りは小屋のまわりにほんの僅かな光を投げているに過ぎなかった。そうしてその僅かな光も小屋を離れるにつれてだんだん幽かになりながら、谷間の雪明りとひとつになっていた。

「なあんだ、あれほどたんとに見えていた光が、ここで見ると、たったこれっきりなのか」と私はなんだか気の抜けたように一人ごちながら、それでもまだぼんやりとその明りの影を見つめているうちに、ふとこんな考えが浮んで来た。「――だが、この明りの影の工合なんか、まるでおれの人生にそっくりじゃあないか。おれは、おれの人生のまわりの明るさなんぞ、たったこれっぱかりだと思っているが、本当はこのおれの小屋の明りと同様に、おれの思っているよりかもっともっと沢山あるのだ。そうしてそいつ達がおれの意識なんぞ意識しないで、こうやって何気なくおれを生かしておいてくれているのかも知れないのだ……」

そんな思いがけない考えが、私をいつまでもその雪明りのしている寒いヴェランダの上に立たせていた。

十二月三十日

本当に静かな晩だ。私は今夜もこんなかんがえがひとりでに心に浮んで来るがままにさせていた。

「おれは人並以上に幸福でもなければ、また不幸でもないようだ。そんな幸福だとか何んだとか云うような事は、かつてはあれ程おれ達をやきもきさせていたっけが、もう今じゃあ忘れていようと思えばすっかり忘れていられる位だ。反ってそんなこの頃のおれの方が余っ程幸福の状態に近いのかも知れない。まあ、どっちかと云えば、この頃のおれの心は、それに似てそれよりは少し悲しそうなだけ、――そうかと云ってまんざら愉しげでないこともない。……こんな風におれがいかにも何気なさそうに生きていられるのも、それはおれがこうやって、なるたけ世間なんぞとは交じわらずに、たった一人で暮らしている所為かも知れないけれど、そんなことがこの意気地なしのおれに出来ていられるのは、本当にみんなお前のお蔭だ。それだのに、節子、おれはこれまで一度だっても、自分がこうして孤独で生きているのを、お前のためだなんぞとは思った事がない。それはどのみち自分一人のために好き勝手な事をしているのだとしか自分には思えない。あるいはひょっとしたら、それもやっぱりお前のためにはしているのだが、それがそのままでもって自分一人のためにしているように自分に思われる程、おれはおれには勿体ないほどのお前の愛に慣れ切ってしまっているのだろうか? それ程、お前はおれには何んにも求めずに、おれを愛していてくれたのだろうか?……」

そんな事を考え続けているうちに、私はふと何か思い立ったように立ち上りながら、小屋のそとへ出て行った。そうしていつものようにヴェランダに立つと、ちょうどこの谷と背中合せになっているかと思われるようなあたりでもって、風がしきりにざわめいているのが、非常に遠くからのように聞えて来る。それから私はそのままヴェランダに、あたかもそんな遠くでしている風の音をわざわざ聞きに出でもしたかのように、それに耳を傾けながら立ち続けていた。私の前方に横《よこた》わっているこの谷のすべてのものは、最初のうちはただ雪明りにうっすらと明るんだまま一塊りになってしか見えずにいたが、そうやってしばらく私が見るともなく見ているうちに、それがだんだん目に慣れて来たのか、それとも私が知らず識らずに自分の記憶でもってそれを補い出していたのか、いつの間にか一つ一つの線や形を徐《おもむ》ろに浮き上がらせていた。それほど私にはその何もかもが親しくなっている、この人々の謂《い》うところの幸福の谷——そう、なるほどこうやって住み慣れてしまえば、私だってそう人々と一しょになって呼んでも好いような気のする位だが、……此処だけは、谷の向う側はあんなにも風がざわめいているというのに、本当に静かだこと。まあ、ときおり私の小屋のすぐ裏の方で何かが小さな音を軋《き》しらせているようだけれど、あれは恐らくそんな遠くからやっと届いた風のために枯れ切った木の枝と枝とが触れ合っているのだろう。また、どうかするとそんな風の余りらしいものが、私の足もとでも二つ三つの落葉を他の落葉の上にさらさらと弱い音を立てながら移している……。

語注

燃ゆる頬

一七　*小婢　年若い下女。下働きの女。
　　　*脊椎カリエス　脊椎が結核菌におかされる病気。
二四　*サナトリウム　結核療養所。空気の澄む郊外や高原・海浜などに設けられることが多い。

風立ちぬ

四二　*センシュアル　官能的な。肉感的であるさま。
六五　*閑古鳥　かっこう
七〇　*とつおいつ　考えが定まらず、あれこれと思い迷うようす。
八一　*なぞえ　ななめ。はすかい。また、斜面。
九六　*パセティック　悲壮な。哀れをさそうさま。
一四二　*詩編　旧約聖書の一部。古代ヘブライ人が神を讃えた歌。
一四六　*と見こう見　あっちを見たり、こっちを見たりすること。

初出

「燃ゆる頬」　一九三二年（昭和七年）『文藝春秋』一月号

「風立ちぬ」　序曲、風立ちぬ　一九三六年（昭和十一年）『改造』十二月号

冬　一九三七年（昭和十二年）『文藝春秋』一月号

春　一九三七年（昭和十二年）『新女苑』四月号

死のかげの谷　一九三八年（昭和十三年）『新潮』三月号

※漢字・仮名・フリガナの表記は、読みやすさを考慮し、原文をそこなわない程度に改訂しております。なお、本文中に、現代では不当・不適切と思われる語句や表現がありますが、作品発表時の時代背景ならびに文学性を考え、原文のままとしました。

『燃ゆる頬／風立ちぬ　朗読CD付』付録

「燃ゆる頬」朗読CD

- 朗読　鈴木達央

- STAFF
  音響監督:田中英行
  録音:早野利宏
  スタジオ:デルファイサウンド
  音響制作:デルファイサウンド
  制作協力:フィフスアベニュー

- SPECIAL THANKS
  アイムエンタープライズ

- 朗読抜粋箇所
  P8～P18

※CD開封の際、粘着シールにご注意ください。

海王社文庫

燃《も》ゆる頬《ほお》／風《かぜ》立《た》ちぬ　朗読CD付

2015年7月20日初版第一刷発行

著　者　堀《ほり》　辰雄《たつお》
朗　読　鈴木達央
発行人　角谷　治
発行所　株式会社　海王社
〒102-8405　東京都千代田区一番町29-6
TEL.03(3222)5119(編集部)　TEL.03(3222)3744(出版営業部)
www.kaiohsha.com
印　刷　図書印刷株式会社

定価はカバーに表示してあります。　Design:Junko.K

Printed in Japan　ISBN978-4-7964-0744-1